光る言葉

愛に生きる。

紫式部

現代語訳　与謝野晶子

興陽館

光る言葉

愛に生きる。

「あなた。生きてください。
悲しい目を私に見せないで」……
――『源氏物語』紫式部／与謝野晶子＝訳

おまえだけでも私を愛してくれ。

——『源氏物語』紫式部／与謝野晶子＝訳

炎ののがれたいのを知りながら、
愛欲の念をだれも捨てることが
できないものなのです。

――『源氏物語』紫式部／与謝野晶子＝訳

恋愛するのは
苦しいものなのですよ……

――『源氏物語』紫式部／与謝野晶子＝訳

その人を思うと例のとおりに
胸が苦しみでいっぱいになった

――『源氏物語』紫式部／与謝野晶子＝訳

源氏の美貌を
世間の人は言い現わすために
光りの君と言った。

——『源氏物語』紫式部／与謝野晶子＝訳

世の中さまざまにつけて
はかなくうつりかはるありさま

――『源氏物語』紫式部

まえがき　愛され愛するために生きる。

今からこの本の言葉をあなたにおくります。

『光る言葉』とは〝光源氏〟、そして〝紫式部〟の言葉です。
愛し愛されて光り輝く言葉です。

「光る君」と呼ばれた美しい男性〝光源氏〟。

『源氏物語』の主人公、光源氏の言葉は多くの女性の運命を変えました。
「愛されたい」「愛したい」、彼の言葉から、愛の深さや喜び、孤独、辛さなど、
愛の正体がよくわかります。

いまでいう不倫や略奪愛、少年愛、幼児愛などの禁じられた〝許されぬ愛〟についても語っています。

恋愛は決して美しいだけのものではありません。

人間の業の闇の奥深さを覗くことができます。

光源氏は、物語のなかで、深く激しく愛を希求してきました。

数多くの女性たちと恋愛を重ねてきました。

愛し愛されて生きてきたのです。


あなたはこの『源氏物語』の作者の紫式部についてどれだけご存知でしょうか。

彼女は、その本当の名前さえ知られていない神秘的な作家です。

『紫式部日記』の中で『源氏物語』の作者は自分だと明かしてようやく知られるようになりました。

生年月日や家族のことも、はっきりとはわかっていません。

高い地位の貴族の家に生まれて、たくさんの勉強をして、作品を書き始めたようです。詩や歌も書いていました。

結婚して三年で夫を病気で亡くした彼女が、その悲しみや孤独を埋めるために書いたとされる『源氏物語』は、紫式部自身の究極の愛の物語です。

「光る君」は、おそらく紫式部自身でもあったのでしょう。

平安の文化の中で、恋愛の喜びや情熱、人生の成功と失敗、生と死を鮮明に描いた『源氏物語』は、彼女自身の愛の哲学がきざまれています。

『源氏物語』の主人公光源氏は多くの女性に愛されてきました。

光源氏の言葉を中心に「紫式部の言葉」を集めたのが本書になります。

愛されることを強く願い、母、桐壺の面影を女性たちに求め続ける光源氏の言葉は胸につき刺さります。

女流作家の与謝野晶子の現代語訳は、紫式部の言葉を現代のわたしたちにも詩的にわかりやすく伝えてくれています。

紫式部の原書に与謝野晶子が現代語訳した文を再編集・再構成して、独自に現代風の見出しをつけたものが本書になります。

「光る言葉」とは、読者の心に響く、時代を超えて輝き続ける言葉です。

この本では、そんな〝光源氏の言葉〟〝紫式部の言葉〟たちを数多く集めました。

愛され愛するために生きる。

千年以上の時を経てもなお、私たちの心に響き人生さえ変えていきます。

さあ、ページをめくって、あなたの心に届いた『光る言葉』をぜひ、味わってみてください。

興陽館編集部

＊文章内の「……」は中略した部分を示しています。

光る言葉　目次

第一章

愛して生きる

死ぬ直前まで熱く愛されたい。

女も、非常に悲しそうにお顔を見て、
「限りとて別るる道の悲しきに
いかまほしきは命なりけり
死がそれほど私に迫って来ておりませんのでしたら」

「死の旅にも同時に出るのがわれわれ二人であるとあなたも約束したのだから、私を置いて家《うち》へ行ってしまうことはできないはずだ」

と、帝がお言いになると、そのお心持ちのよくわかる女も、非常に悲しそうにお顔を見て、

「限りとて別るる道の悲しきにいかまほしきは命なりけり

死がそれほど私に迫って来ておりませんのでしたら」

これだけのことを息も絶え絶えに言って、なお帝にお言いしたいことがありそうであるが、まったく気力はなくなってしまった。死ぬのであったらこのまま自分のそばで死なせたいと帝は思召《おぼしめ》したが、今日から始めるはずの祈祷《きとう》も高僧たちが承っていて、それもぜひ今夜から始めねばなりませぬというようなことも申し上げて方々から更衣の退出を促すので、別れがたく思召しながらお帰しになった。

『源氏物語』(桐壺)

だれよりも愛されたから
死んでからまでも嫉妬される。

「死んでからまでも
人の気を悪くさせる御寵愛ぶりね」
などと言って、
右大臣の娘の弘徽殿《こきでん》の女御《にょご》などは
今さえも嫉妬を捨てなかった。

愛人の死んだのちの日がたっていくにしたがってどうしようもない寂しさばかりを帝はお覚えになるのであって、女御、更衣を宿直《とのい》に召されることも絶えてしまった。ただ涙の中の御朝夕であって、拝見する人までがしめっぽい心になる秋であった。

「死んでからまでも人の気を悪くさせる御寵愛ぶりね」

などと言って、右大臣の娘の弘徽殿《こきでん》の女御《にょご》などは今さえも嫉妬を捨てなかった。

『源氏物語』(桐壺)

どんな立場にいようとも
だれよりも強く愛されたい。

最上の貴族出身ではないが
深い御愛寵《あいちょう》を得ている人があった……
女御たちからは失敬な女としてねたまれ……
地位の低い更衣たちはまして嫉妬《しっと》の焔《ほのお》を
燃やさないわけもなかった。

どの天皇様の御代《みよ》であったか、女御《にょご》とか更衣《こうい》とかいわれる後宮《こうきゅう》がおおぜいいた中に、最上の貴族出身ではないが深い御愛寵《あいちょう》を得ている人があった。最初から自分こそはという自信と、親兄弟の勢力に恃《たの》む所があって宮中にはいった女御たちからは失敬な女としてねたまれた。その人と同等、もしくはそれより地位の低い更衣たちはまして嫉妬《しっと》の焔《ほのお》を燃やさないわけもなかった。夜の御殿《おとど》の宿直《とのい》所《どころ》から退《さが》る朝、続いてその人ばかりが召される夜、目に見耳に聞いて口惜《くちお》しがらせた恨みのせいもあったかからだが弱くなって、心細くなった更衣は多く実家へ下がっていがちということになると、いよいよ帝《みかど》はこの人にばかり心をお引かれになるという御様子で、人が何と批評をしようともそれに御遠慮などというものがおできにならない。御聖徳を伝える歴史の上にも暗い影の一所残るようなことにもなりかねない状態になった。

『源氏物語』（桐壺）

たとえまわりから妬まれても圧倒する美しさで飲み込む。

またもないような美しい皇子までが
この人からお生まれになった……
小皇子《しょうおうじ》はいかなる美なるものよりも
美しいお顔をしておいでになった。

前生《ぜんしょう》の縁が深かったか、またもないような美しい皇子までがこの人からお生まれになった。寵姫を母とした御子《みこ》を早く御覧になりたい思召《おぼしめ》しから、正規の日数が立つとすぐに更衣母子《おやこ》を宮中へお招きになった。小皇子《しょうおうじ》はいかなる美なるものよりも美しいお顔をしておいでになった。帝の第一皇子は右大臣の娘の女御からお生まれになって、重い外戚《がいせき》が背景になっていて、疑いもない未来の皇太子として世の人は尊敬をささげているが、第二の皇子の美貌《びぼう》にならぶことがおできにならぬため、それは皇家《おうけ》の長子として大事にあそばされ、これは御自身の愛子《あいし》として非常に大事がっておいでになった。

『源氏物語』(桐壺)

愛と美に見放された人は疑い深い人間になる。

東宮にもどうかすれば
この皇子をお立てになるかもしれぬと、
第一の皇子の御生母の女御は疑いを持っていた。

更衣は初めから普通の朝廷の女官として奉仕するほどの軽い身分ではなかった。ただお愛しになるあまりに、その人自身は最高の貴女《きじょ》と言ってよいほどのりっぱな女ではあったが、始終おそばへお置きになろうとして、殿上で音楽その他のお催し事をあそばす際には、だれよりもまず先にこの人を常の御殿へお呼びになり、またある時はお引き留めになって更衣が夜の御殿から朝の退出ができずそのまま昼も侍していることになったりして、やや軽いふうにも見られたのが、皇子のお生まれになって以後目に立って重々しくお扱いになったから、東宮*にもどうかすればこの皇子をお立てになるかもしれぬと、第一の皇子の御生母の女御は疑いを持っていた。

『源氏物語』(桐壺)

*皇太子

圧倒的な美しさの前にあっては
悪意でさえも消えていく。

世間はいろいろに批評をしたが、
成長されるこの皇子の美貌《びぼう》と聡明《そうめい》さとが
類のないものであったから、
だれも皇子を悪く思うことはできなかった。

第二の皇子が三歳におなりになった時に袴着《はかまぎ》の式が行なわれた。前にあった第一の皇子のその式に劣らぬような派手《はで》な準備の費用が宮廷から支出された。それにつけても世間はいろいろに批評をしたが、成長されるこの皇子の美貌《びぼう》と聡明《そうめい》さとが類のないものであったから、だれも皇子を悪く思うことはできなかった。有識者はこの天才的な美しい小皇子を見て、こんな人も人間世界に生まれてくるものかと皆驚いていた。

『源氏物語』(桐壺)

恋は瞬間の現実だ。

彼女の幻は
帝のお目に立ち添って少しも消えない。
しかしながら
どんなに濃い幻でも
瞬間の現実の価値はないのである。

野分《のわき》ふうに風が出て肌寒《はださむ》の覚えられる日の夕方に、平生よりもいっそう故人がお思われになって、靫負《ゆげい》の命婦《みょうぶ》という人を使いとしてお出しになった。夕月夜の美しい時刻に命婦を出かけさせて、そのまま深い物思いをしておいでになった。以前にこうした月夜は音楽の遊びが行なわれて、更衣はその一人に加わってすぐれた音楽者の素質を見せた。またそんな夜に詠《よ》む歌なども平凡ではなかった。彼女の幻は帝のお目に立ち添って少しも消えない。しかしながらどんなに濃い幻でも瞬間の現実の価値はないのである。

『源氏物語』（桐壺）

死は永久の愛さえ
連れさっていく。

これは花の色にも鳥の声にもたとえられぬ
最上のものであった……
永久の愛を誓っておいでになったが、
運命はその一人に早く死を与えてしまった。

絵で見る楊貴妃はどんなに名手の描《か》いたものでも、絵における表現は限りがあって、それほどのすぐれた顔も持っていない。太液《たいえき》の池の蓮花《れんげ》にも、未央宮《びおうきゅう》の柳の趣にもその人は似ていたであろうが、また唐《から》の服装は華美ではあったであろうが、更衣*1の持った柔らかい美、艶《えん》な姿態をそれに思い比べて御覧になると、これは花の色にも鳥の声にもたとえられぬ最上のものであった。お二人の間はいつも、天に在《あ》っては比翼の鳥、地に生まれれば連理の枝という言葉で永久の愛を誓っておいでになったが、運命はその一人に早く死を与えてしまった。秋風の音《ね》にも虫の声にも帝が悲しみを覚えておいでになる時、弘徽殿《こきでん》の女御《にょご》*2はもう久しく夜の御殿《おとど》の宿直《とのい》にもお上がりせずにいて、今夜の月明に更《ふ》けるまでその御殿で音楽の合奏をさせているのを帝は不愉快に思召した。

『源氏物語』（桐壺）

*1　帝が愛した女。光源氏の母。
*2　帝の妃。

恋に真実はいらない。
親友の恋人でも愛さずにはいられない。

「そう、
どちらかが狐《きつね》なんだろうね。
でも欺《だま》されていらっしゃれば
いいじゃない」

「あなたもその気におなりなさい。私は気楽な家へあなたをつれて行って夫婦生活がしたい」こんなことを女に言い出した。

「でもまだあなたは私を普通には取り扱っていらっしゃらない方なんですから不安で」

若々しく夕顔が言う。源氏は微笑された。

「そう、どちらかが狐《きつね》なんだろうね。でも欺《だま》されていらっしゃればいいじゃない」

なつかしいふうに源氏が言うと、女はその気になっていく。どんな欠点があるにしても、これほど純な女を愛せずにはいられないではないかと思った時、源氏は初めからその疑いを持っていたが、頭中将《とうのちゅうじょう》*の常夏《とこなつ》の女はいよいよこの人らしいという考えが浮かんだ。

『源氏物語』（夕顔）

*光源氏のいとこであり、親友、ライバル。

美しく輝く美貌ゆえ
その人の前途は危うい。

帝の思召《おぼしめ》しは
第二の皇子にあったが……
かえってその地位は
若宮の前途を危険にするものであると
お思いになって

幾月かののちに第二の皇子が宮中へおはいりになった。ごくお小さい時ですらこの世のものとはお見えにならぬ御美貌の備わった方であったが、今はまたいっそう輝くほどのものに見えた。その翌年立太子のことがあった。帝の思召《おぼしめ》しは第二の皇子にあったが、だれという後見の人がなく、まただれもが肯定しないことであるのを悟っておいでになって、かえってその地位は若宮の前途を危険にするものであるとお思いになって、御心中をだれにもお洩《も》らしにならなかった。東宮におなりになったのは第一親王である。この結果を見て、あれほどの御愛子でもやはり太子にはおできにならないのだと世間も言い、弘徽殿《こきでん》の女御《にょご》も安心した。

『源氏物語』(桐壺)

光る人がそこにいれば
たとえ敵にさえ笑みが生まれる。

どんな強さ一方の武士だっても
仇敵《きゅうてき》だっても
この人を見ては
笑《え》みが自然にわくであろうと思われる
美しい少童《しょうどう》でおありになった

七歳の時に書初《ふみはじ》めの式が行なわれて学問をお始めになったが、皇子の類のない聡明《そうめい》さに帝はお驚きになることが多かった。

「もうこの子をだれも憎むことができないでしょう。母親のないという点だけででもかわいがっておやりなさい」

と帝はお言いになって、弘徽殿へ昼間おいでになる時もいっしょにおつれになったりしてそのまま御簾《みす》の中にまでもお入れになった。どんな強さ一方の武士だっても仇敵《きゅうてき》だってもこの人を見ては笑《え》みが自然にわくであろうと思われる美しい少童《しょうどう》でおありになったから、女御＊も愛を覚えずにはいられなかった。この女御は東宮のほかに姫宮をお二人お生みしていたが、その方々よりも第二の皇子のほうがおきれいであった。姫宮がたもお隠れにならないで賢い遊び相手としてお扱いになった。学問はもとより音楽の才も豊かであった。言えば不自然に聞こえるほどの天才児であった。

『源氏物語』(桐壺)

＊帝の妃

愛する人が消えてしまったとき
残された人はその影を探し求める。

先帝の第四の内親王は
当帝の女御におなりになった。
御殿は藤壺《ふじつぼ》である……
姫宮の容貌も身のおとりなしも
不思議なまで、桐壺の更衣に似ておいでになった。

姫宮がお一人で暮らしておいでになるのを帝はお聞きになって、「女御というよりも自分の娘たちの内親王と同じように思って世話がしたい」となおも熱心に入内をお勧めになった。こうしておいでになって、母宮のことばかりを思っておいでになるよりは、宮中の御生活にお帰りになったら若いお心の慰みにもなろうと、お付きの女房やお世話係の者が言い、兄君の兵部卿《ひょうぶきょう》親王もその説に御賛成になって、それで先帝の第四の内親王は当帝の女御におなりになった。御殿は藤壺《ふじつぼ》である。典侍の話のとおりに、姫宮の容貌も身のおとりなしも不思議なまで、桐壺の更衣に似ておいでになった。この方は御身分に批《ひ》の打ち所がない。すべてごりっぱなものであって、だれも貶《おとし》める言葉を知らなかった。桐壺の更衣は身分と御愛寵とに比例の取れぬところがあった。お傷手《いたで》が新女御の宮で癒《いや》されたともいえないであろうが、自然に昔は昔として忘れられていくようになり、帝にまた楽しい御生活がかえってきた。あれほどのこともやはり永久不変でありえない人間の恋であったのであろう。

『源氏物語』（桐壺）

愛する人に美しいものを
ただ差し上げたい。

子供心にも花や紅葉《もみじ》の美しい枝は、
まずこの宮へ差し上げたい、
自分の好意を受けていただきたい
というこんな態度をとるようになった。

若いお美しい藤壺の宮が出現されてその方は非常に恥ずかしがってなるべく顔を見せぬようにとなすっても、自然に源氏の君が見ることになる場合もあった。母の更衣は面影も覚えていないが、よく似ておいでになると典侍が言ったので、子供心に母に似た人として恋しく、いつも藤壺へ行きたくなって、あの方と親しくなりたいという望みが心にあった。帝には二人とも最愛の妃であり、最愛の御子であった。

「彼を愛しておやりなさい。不思議なほどあなたとこの子の母とは似ているのです。失礼だと思わずにかわいがってやってください。この子の目つき顔つきがまたよく母に似ていますから、この子とあなたとを母と子と見てもよい気がします」

など帝がおとりなしになると、子供心にも花や紅葉《もみじ》の美しい枝は、まずこの宮へ差し上げたい、自分の好意を受けていただきたいというこんな態度をとるようになった。

『源氏物語』(桐壺)

その子どもはあまりの美貌から「光の君」と呼ばれた。

源氏の美貌《びぼう》を
世間の人は言い現わすために
光《ひかる》の君《きみ》と言った。

現在の弘徽殿の女御の嫉妬《しっと》の対象は藤壺の宮であったからそちらへ好意を寄せる源氏に、一時忘れられていた旧怨《きゅうえん》も再燃して憎しみを持つことになった。女御が自慢にし、ほめられてもおいでになる幼内親王方の美を遠くこえた源氏の美貌《びぼう》を世間の人は言い現わすために光《ひかる》の君《きみ》と言った。女御として藤壺の宮の御寵《ちょう》愛《あい》が並びないものであったから対句のように作って、輝く日の宮と一方を申していた。

『源氏物語』(桐壺)

光は大人になると消える。
もし新しい彩りが加わるなら
その光は本物だ。

大人《おとな》の頭の形になることは、
その人の美を損じさせはしないかという
御懸念もおありになったのであるが、
源氏の君には
今驚かれるほどの新彩が加わって見えた。

源氏の君の美しい童形《どうぎょう》をいつまでも変えたくないように帝は思召したのであったが、いよいよ十二の歳《とし》に元服をおさせになることになった……

元服される皇子の席、加冠役の大臣の席がそのお前にできていた。午後四時に源氏の君が参った。上で二つに分けて耳の所で輪にした童形の礼髪を結った源氏の顔つき、少年の美、これを永久に保存しておくことが不可能なのであろうかと惜しまれた……

加冠が終わって、いったん休息所《きゅうそくじょ》に下がり、そこで源氏は服を変えて庭上の拝をした。参列の諸員は皆小さい大宮人の美に感激の涙をこぼしていた。帝はまして御自制なされがたい御感情があった。藤壺の宮をお得になって以来、紛れておいでになることもあった昔の哀愁が今一度にお胸へかえって来たのである。まだ小さくて大人《おとな》の頭の形になることは、その人の美を損じさせはしないかという御懸念もおありになったのであるが、源氏の君には今驚かれるほどの新彩が加わって見えた。

『源氏物語』(桐壺)

高貴で美しければこそ
親の伴侶にさえ恋することができる。

今はもう物越しにより聞かれない
ほのかなお声を聞くとかが、
せめてもの慰めになって
宮中の宿直《とのい》ばかりが好きだった。

源氏の君は帝がおそばを離しにくくあそばすので、ゆっくりと妻の家に行っていることもできなかった。源氏の心には藤壺《ふじつぼ》の宮の美が最上のものに思われてあのような人を自分も妻にしたい、宮のような女性はもう一人とないであろう、左大臣の令嬢は大事にされて育った美しい貴族の娘とだけはうなずかれるがと、こんなふうに思われて単純な少年の心には藤壺の宮のことばかりが恋しくて苦しいほどであった。元服後の源氏はもう藤壺の御殿の御簾《みす》の中へは入れていただけなかった。琴や笛の音《ね》の中にその方がお弾《ひ》きになる物の声を求めるとか、今はもう物越しにより聞かれないほのかなお声を聞くとかが、せめてもの慰めになって宮中の宿直《とのい》ばかりが好きだった。

『源氏物語』(桐壺)

欠点のない女などは存在しない。

吉祥天女《きちじょうてんにょ》を
恋人にしようと思うと、
それでは仏法くさくなって
困るということになるだろうから
しかたがない。

嫉妬《しっと》深い女も、思い出としてはいいでしょうが、今いっしょにいる妻であってはたまらない。どうかすれば断然いやになってしまうでしょう。琴の上手《じょうず》な才女というのも浮気《うわき》の罪がありますね。私の話した女も、よく本心の見せられない点に欠陥があります。どれがいちばんよいとも言えないことは、人生の何のこともそうですがこれも同じです。何人かの女からよいところを取って、悪いところの省かれたような、そんな女はどこにもあるものですか。吉祥天女《きちじょうてんにょ》を恋人にしようと思うと、それでは仏法くさくなって困るということになるだろうからしかたがない。

『源氏物語』(帚木)

愛される人は
才気を見せすぎない。

足りない点もなく、
才気の見えすぎる方でもない
りっぱな貴女《きじょ》である……
その人を思うと例のとおりに
胸が苦しみでいっぱいになった。

源氏は心の中でただ一人の恋しい方のことを思い続けていた。藤壺《ふじつぼ》の宮は足りない点もなく、才気の見えすぎる方でもないりっぱな貴女《きじょ》であるとうなずきながらも、その人を思うと例のとおりに胸が苦しみでいっぱいになった。

『源氏物語』（帚木）

夜、女が寝るところに忍び込む。柔らかく、美しく、絶対の自信をもって。

「……だからすべて皆前生《ぜんしょう》の縁が導くのだと思ってください」

柔らかい調子である。

皆寝静まったころに、掛鉄《かけがね》をはずして引いてみると襖子はさっとあいた……小さな形で女が一人寝ていた。やましく思いながら顔を掩《おお》うた着物を源氏が手で引きのけるまで女は、さっき呼んだ女房の中将が来たのだと思っていた……女は恐ろしがって、夢に襲われているようなふうである。「や」と言うつもりがあるが、顔に夜着がさわって声にはならなかった。

「出来心のようにあなたは思うでしょう。もっともだけれど、私はそうじゃないのですよ。ずっと前からあなたを思っていたのです。それを聞いていただきたいのでこんな機会を待っていたのです。だからすべて皆前生《ぜんしょう》の縁が導くのだと思ってください」

柔らかい調子である。

『源氏物語』（帚木）

これほどの美しさで近づかれたら
何もできない。

神様だってこの人には
寛大であらねばならぬだろうと
思われる美しさで近づいている……
「人まちがえでいらっしゃるのでしょう」
当惑しきった様子が……可憐《かれん》でもあった。

神様だってこの人には寛大であらねばならぬだろうと思われる美しさで近づいているのであるから、露骨に、

「知らぬ人がこんな所へ」

とものしることができない。しかも女は情けなくてならないのである。

「人まちがえでいらっしゃるのでしょう」

やっと、息よりも低い声で言った。当惑しきった様子が柔らかい感じであり、可憐《かれん》でもあった。

『源氏物語』(帚木)

はずかしがる相手に
同情しながらも
さらに美しく責めたてる。

前生の因縁は大きな力があって、
私をあなたに近づけて、
そしてあなたから
こんなにはずかしめられています

流れるほどの汗になって悩ましそうな女に同情は覚えながら、女に対する例の誠実な調子で、女の心が当然動くはずだと思われるほどに言っても、女は人間の掟《おきて》に許されていない恋に共鳴してこない……

強さで自分を征服しようとしている男を憎いと思う様子は、源氏を十分に反省さす力があった。

「……はじめての経験なんです。普通の多情な男のようにお取り扱いになるのを恨めしく思います。あなたの耳にも自然はいっているでしょう、むやみな恋の冒険などを私はしたこともありません。それにもかかわらず前生の因縁は大きな力があって、私をあなたに近づけて、そしてあなたからこんなにはずかしめられています……」

『源氏物語』(帚木)

涙で読めない。
美しい手紙は
苦しい恋の運命が潜んでいる。

源氏の手紙を弟が持って来た……
目もくらむほどの美しい字で書かれてある。
涙で目が曇って、しまいには何も読めなくなって、
苦しい思いの新しく加えられた運命を思い続けた。

源氏の手紙を弟が持って来た……

きまりの悪いのを隠すように顔の上でひろげた。さっきからからだは横にしていたのである。手紙は長かった。終わりに、

見し夢を逢《あ》ふ夜ありやと歎《なげ》く間に目さへあはでぞ頃《ころ》も経にける

安眠のできる夜がないのですから、夢が見られないわけです。

とあった。目もくらむほどの美しい字で書かれてある。涙で目が曇って、しまいには何も読めなくなって、苦しい思いの新しく加えられた運命を思い続けた。

『源氏物語』(帚木)

傷心の美男子は少年をそばに寝させる。

「じゃあもういい。
おまえだけでも私を愛してくれ」……
この少年のほうが無情な恋人よりもかわいいと
源氏は思った。

源氏一人はあさましくて寝入れない。普通の女と変わった意志の強さのますます明確になってくる相手が恨めしくて、もうどうでもよいとちょっとの間は思うがすぐにまた恋しさがかえってくる。

「どうだろう、隠れている場所へ私をつれて行ってくれないか」

「なかなか開《あ》きそうにもなく戸じまりがされていますし、女房もたくさんおります。そんな所へ、もったいないことだと思います」

と小君が言った。源氏が気の毒でたまらないと小君は思っていた。

「じゃあもういい。おまえだけでも私を愛してくれ」

と言って、源氏は小君をそばに寝させた。若い美しい源氏の君の横に寝ていることが子供心に非常にうれしいらしいので、この少年のほうが無情な恋人よりもかわいいと源氏は思った。

『源氏物語』(帚木)

女が逃れようとするならば男はその衣一つだけを持って離れる。

源氏は恋人がさっき脱いで行ったらしい一枚の薄衣《うすもの》を手に持って出た。

女は近ごろ源氏の手紙の来なくなったのを、安心のできることに思おうとするのであったが、今も夢のようなあの夜の思い出をなつかしがって、毎夜安眠もできなくなっているころであった……

源氏がこの室へ寄って来て、衣服の持つ薫物《たきもの》の香が流れてきた時に気づいて女は顔を上げた。夏の薄い几帳越しに人のみじろぐのが暗い中にもよく感じられるのであった。静かに起きて、薄衣《うすもの》の単衣《ひとえ》を一つ着ただけでそっと寝室を抜けて出た……

やっと源氏にその人でないことがわかった。あきれるとともにくやしくてならぬ心になったが、人違いであるといってここから出て行くことも怪しがられることで困ったと源氏は思った。その人の隠れた場所へ行っても、これほどに自分から逃げようとするのに一心である人は快く自分に逢《あ》うはずもなくて、ただ侮蔑《ぶべつ》されるだけであろうという気がして……源氏は恋人がさっき脱いで行ったらしい一枚の薄衣《うすもの》を手に持って出た。

『源氏物語』(空蝉)

恋から逃れ隠れるほどに
相手から寄せられる愛に悲しみが募る。

源氏の真実が感ぜられるにつけて、
娘の時代であったならと
かえらぬ運命が悲しくばかりなって……

あの薄衣《うすもの》は小袿《こうちぎ》だった。なつかしい気のする匂《にお》いが深くついているのを源氏は自身のそばから離そうとしなかった……

源氏と姉の中に立って、どちらからも受ける小言の多いことを小君は苦しく思いながらことづかった歌を出した。さすがに中をあけて空蝉は読んだ。抜け殻《がら》にして源氏に取られた小袿が、見苦しい着古しになっていなかったろうかなどと思いながらもその人の愛が身に沁《し》んだ。空蝉のしている煩悶《はんもん》は複雑だった……。

冷静を装っていながら空蝉も、源氏の真実が感ぜられるにつけて、娘の時代であったならとかえらぬ運命が悲しくばかりなって、源氏から来た歌の紙の端に、

うつせみの羽《は》に置く露の木《こ》隠れて忍び忍びに濡《ぬ》るる袖《そで》かな

『源氏物語』(空蝉)

こんな歌を書いていた。

不格好な悲運の花でも
良い香りの扇に載せれば色めき立つ。

愛らしい童女が出て来て随身を招いて、
白い扇を色のつくほど薫物《たきもの》で
燻《くゆ》らしたのを渡した。
「これへ載せておあげなさいまし。
手で提《さ》げては不恰好《ぶかっこう》な花ですもの」

白い花だけがその辺で見る何よりもうれしそうな顔で笑っていた……

「あの白い花を夕顔と申します。人間のような名でございまして、こうした卑しい家の垣根《かきね》に咲くものでございます」

その言葉どおりで、貧しげな小家がちのこの通りのあちら、こちら、あるものは倒れそうになった家の軒などにもこの花が咲いていた。

「気の毒な運命の花だね。一枝折ってこい」

……ちょっとしゃれた作りになっている横戸の口に、黄色の生絹《すずし》の袴《はかま》を長めにはいた愛らしい童女が出て来て随身を招いて、白い扇を色のつくほど薫物《たきもの》で燻《くゆ》らしたのを渡した。

「これへ載せておあげなさいまし。手で提《さ》げては不恰好《ぶかっこう》な花ですもの」

『源氏物語』（夕顔）

第二章

恋して生きる

新たな恋が
平凡な花に添えた一つの歌から始まる。

自分を光源氏と見て詠《よ》んだ歌をよこされたのに対して、何か言わねばならぬという気がした。というのは女性にはほだされやすい性格だからである。

蝋燭《ろうそく》を点《とも》させて、さっき夕顔の花の載せられて来た扇を見た。よく使い込んであって、よい薫物《たきもの》の香のする扇に、きれいな字で歌が書かれてある。

心あてにそれかとぞ見る白露の光添へたる夕顔の花

散らし書きの字が上品に見えた。少し意外だった源氏は、風流遊戯をしかけた女性に好感を覚えた……自分を光源氏と見て詠《よ》んだ歌をよこされたのに対して、何か言わねばならぬという気がした。というのは女性にはほだされやすい性格だからである。懐紙《ふところがみ》に、別人のような字体で書いた。

寄りてこそそれかとも見め黄昏《たそが》れにほのぼの見つる花の夕顔 『源氏物語』(夕顔)

思うままにならない人だから
忘れられない。

簡単な文字の中に
可憐《かれん》な心が混じっていたり……
源氏の心を惹《ひ》くものがあったから、
冷淡な恨めしい人であって、
しかも忘れられない女になっていた。

源氏は空蝉《うつせみ》の極端な冷淡さをこの世の女の心とは思われないと考えると、あの女が言うままになる女であったなら、気の毒な過失をさせたということだけで、もう過去へ葬ってしまったかもしれないが、強い態度を取り続けられるために、負けたくないと反抗心が起こるのであるとこんなふうに思われて、その人を忘れている時は少ないのである……

空蝉はそれでも自分が全然源氏から忘れられるのも非常に悲しいことだと思って、おりおりの手紙の返事などに優しい心を見せていた。なんでもなく書く簡単な文字の中に可憐《かれん》な心が混じっていたり、芸術的な文章を書いたりして源氏の心を惹《ひ》くものがあったから、冷淡な恨めしい人であって、しかも忘れられない女になっていた。

『源氏物語』(夕顔)

「変わらぬ恋を死後の世界にまで」そんな言葉を信じてしまう可憐さ

変わらぬ恋を死後の世界にまで続けようと
源氏の誓うのを見ると
何の疑念もはさまずに
信じてよろこぶ様子などのうぶさ

夕顔を深く愛する心が何事も悪くは思わせないのであろう。白い袷《あわせ》に柔らかい淡紫《うすむらさき》を重ねたはなやかな姿ではない、ほっそりとした人で、どこかきわだって非常によいというところはないが繊細な感じのする美人で、ものを言う様子に弱々しい可憐《かれん》さが十分にあった。才気らしいものを少しこの人に添えたらと源氏は批評的に見ながらも、もっと深くこの人を知りたい気がして、「さあ出かけましょう。この近くのある家へ行って、気楽に明日《あす》まで話しましょう。こんなふうでいつも暗い間に別れていかなければならないのは苦しいから」

と言うと、

「どうしてそんなに急なことをお言い出しになりますの」

おおように夕顔は言っていた。変わらぬ恋を死後の世界にまで続けようと源氏の誓うのを見ると何の疑念もはさまずに信じてよろこぶ様子などのうぶさは、一度結婚した経験のある女とは思えないほど可憐であった。

『源氏物語』(夕顔)

本当の姿を知らなくても、互いに恋心があれば、その恋は続く。

「……負けた。

もういいでしょう、名を言ってください、
人間離れがあまりしすぎます」

と源氏が言っても、

「家も何もない女ですもの」

冗談《じょうだん》までも言う気になったのが源氏にはうれしかった。打ち解けた瞬間から源氏の美はあたりに放散した。古くさく荒れた家との対照はまして魅惑的だった。

「いつまでも真実のことを打ちあけてくれないのが恨めしくって、私もだれであるかを隠し通したのだが、負けた。もういいでしょう、名を言ってください、人間離れがあまりしすぎます」

と源氏が言っても、

「家も何もない女ですもの」

と言ってそこまではまだ打ち解けぬ様子も美しく感ぜられた。

「しかたがない。私が悪いのだから」

と怨《うら》んでみたり、永久の恋の誓いをし合ったりして時を送った。

『源氏物語』（夕顔）

許されぬ恋をすれば
呪われるように消えていく人もいる。

「あなた。生きてください。
悲しい目を私に見せないで」……
恋人のからだはますます冷たくて、
すでに人ではなく遺骸《いがい》であるという
感じが強くなっていく。

「ちょいと」

と言って不気味な眠りからさまさせようとするが、夕顔のからだは冷えはてていて、息はまったく絶えているのである。頼りにできる相談相手もない。坊様などはこんな時の力になるものであるがそんな人もむろんここにはいない。右近に対して強がって何かと言った源氏であったが、若いこの人は、恋人の死んだのを見ると分別も何もなくなって、じっと抱いて、

「あなた。生きてください。悲しい目を私に見せないで」

と言っていたが、恋人のからだはますます冷たくて、すでに人ではなく遺骸《いがい》であるという感じが強くなっていく。

『源氏物語』(夕顔)

恋は美しい幻。
亡骸さえ美しいままでいられる。

遺骸はまだ恐ろしいという気のしない物であった。
美しい顔をしていて、
まだ生きていた時の可憐《かれん》さと
少しも変わっていなかった。

急にまた源氏は悲しくなった。

「よくないことだとおまえは思うだろうが、私はもう一度遺骸《いがい》を見たいのだ。それをしないではいつまでも憂鬱《ゆううつ》が続くように思われるから、馬ででも行こうと思うが」……

遺骸はまだ恐ろしいという気のしない物であった。美しい顔をしていて、まだ生きていた時の可憐《かれん》さと少しも変わっていなかった。

「私にもう一度、せめて声だけでも聞かせてください。どんな前生の縁だったかわずかな間の関係であったが、私はあなたに傾倒した。それだのに私をこの世に捨てて置いて、こんな悲しい目をあなたは見せる」

もう泣き声も惜しまずはばからぬ源氏だった。

『源氏物語』(夕顔)

はなやかさもとりえもない女
光る君はそんな女も深く愛せた。

普通の女性のとりえない態度をとり続けた女とも
これで別れてしまうのだと歎《なげ》かれて、
運命の冷たさというようなものが感ぜられた。

源氏は空蝉を思うと、普通の女性のとりえない態度をとり続けた女ともこれで別れてしまうのだと歎《なげ》かれて、運命の冷たさというようなものが感ぜられた。今日《きょう》から冬の季にはいる日は、いかにもそれらしく、時雨《しぐれ》がこぼれたりして、空の色も身に沁《しん》んだ。終日源氏は物思いをしていて、

過ぎにしも今日別るるも二みちに行く方《かた》知らぬ秋の暮《くれ》かな

などと思っていた。秘密な恋をする者の苦しさが源氏にわかったであろうと思われる。

こうした空蝉とか夕顔とかいうようなはなやかでない女と源氏のした恋の話は、源氏自身が非常に隠していたことがあるからと思って、最初は書かなかったのであるが、帝王の子だからといって、その恋人までが皆完全に近い女性で、いいことばかりが書かれているではないかといって、仮作したもののように言う人があったから、これらを補って書いた。なんだか源氏に済まない気がする。

『源氏物語』（夕顔）

恋しい人によく似た子を見た。
目から流れる思慕の涙は切なくも美しい。

なぜ……この子に引き寄せられるのか、
それは恋しい藤壺《ふじつぼ》の宮に
よく似ているからであると気がついた
刹那《せつな》にも、その人への
思慕の涙が熱く頬《ほお》を伝わった。

美しい子は下へすわった。顔つきが非常にかわいくて、眉《まゆ》のほのかに伸びたところ、子供らしく自然に髪が横撫《よこな》でになっている額にも髪の性質にも、すぐれた美がひそんでいると見えた。大人《おとな》になった時を想像してすばらしい佳人の姿も源氏の君は目に描いてみた。なぜこんなに自分の目がこの子に引き寄せられるのか、それは恋しい藤壺《ふじつぼ》の宮によく似ているからであると気がついた刹那《せつな》にも、その人への思慕の涙が熱く頰《ほお》を伝わった。

『源氏物語』（若紫）

まだ女ではなく、女の子だったが、
その髪はすでに光っていた。

うつむいた。
その時に額からこぼれかかった髪が
つやつやと美しく見えた。

尼君は女の子の髪をなでながら、

「梳《す》かせるのもうるさがるけれどよい髪だね。あなたがこんなふうにあまり子供らしいことで私は心配している。あなたの年になればもうこんなふうでない人もあるのに、亡《な》くなったお姫さんは十二でお父様に別れたのだけれど、もうその時には悲しみも何もよくわかる人になっていましたよ。私が死んでしまったあとであなたはどうなるのだろう」

あまりに泣くので隙見《すきみ》をしている源氏までも悲しくなった。子供心にもさすがにじっとしばらく尼君の顔をながめ入って、それからうつむいた。その時に額からこぼれかかった髪がつやつやと美しく見えた。

『源氏物語』(若紫)

恋しい人に逢えないならば
似た美しい子どもを迎えるがいい。

それにしても美しい子である……
あの子を手もとに迎えて
逢《あ》いがたい人の恋しさが
慰められるものなら
ぜひそうしたい

「世間で評判の源氏の君のお顔を、こんな機会に見せていただいたらどうですか、人間生活と絶縁している私らのような僧でも、あの方のお顔を拝見すると、世の中の歎《なげ》かわしいことなどは皆忘れることができて、長生きのできる気のするほどの美貌《びぼう》ですよ。私はこれからまず手紙で御挨拶《ごあいさつ》をすることにしましょう」

僧都がこの座敷を出て行く気配《けはい》がするので源氏も山上の寺へ帰った。源氏は思った。自分は可憐な人を発見することができた、だから自分といっしょに来ている若い連中は旅というものをしたがるのである、そこで意外な収穫を得るのだ、たまさかに京を出て来ただけでもこんな思いがけないことがあると、それで源氏はうれしかった。それにしても美しい子である、どんな身分の人なのであろう、あの子を手もとに迎えて逢《あ》いがたい人の恋しさが慰められるものならぜひそうしたいと源氏は深く思ったのである。

『源氏物語』(若紫)

未来の妻を
自分の手で育てるという楽しさ。

無邪気な子供を、
自分が未来の妻として
教養を与えていくことは
楽しいことであろう、
それを直ちに実行したい

僧都は人世の無常さと来世の頼もしさを源氏に説いて聞かせた。源氏は自身の罪の恐ろしさが自覚され、来世で受ける罰の大きさを思うと、そうした常ない人生から遠ざかったこんな生活に自分もはいってしまいたいなどと思いながらも、夕方に見た小さい貴女《きじょ》が心にかかって恋しい源氏であった……

愛する者を信じようとせずに疑いの多い女でなく、無邪気な子供を、自分が未来の妻として教養を与えていくことは楽しいことであろう、それを直ちに実行したいという心に源氏はなった。

『源氏物語』（若紫）

父である帝の妃と自分の間に子ができる。光る君はその絶命的な運命にも昂奮する。

藤壺の宮の御懐妊を聞いて……
恋人と自分の間に子が生まれてくる
ということに若い源氏は昂奮《こうふん》して

やはりだれよりもすぐれた女性である、なぜ一所でも欠点を持っておいでにならないのであろう、それであれば自分の心はこうして死ぬほどにまで惹《ひ》かれないで楽であろうと思うと源氏はこの人の存在を自分に知らせた運命さえも恨めしく思われるのである。源氏の恋の万分の一も告げる時間のあるわけはない。永久の夜が欲《ほ》しいほどであるのに、逢わない時よりも恨めしい別れの時が至った……

後に源氏は藤壺の宮の御懐妊を聞いて、そんなことがあの占いの男に言われたことなのではないかと思うと、恋人と自分の間に子が生まれてくるということに若い源氏は昂奮《こうふん》して、以前にもまして言葉を尽くして逢瀬《おうせ》を望むことになったが、王命婦《おうみょうぶ》も宮の御懐妊になって以来、以前に自身が、はげしい恋に身を亡《ほろぼ》しかねない源氏に同情してとった行為が重大性を帯びていることに気がついて、策をして源氏を宮に近づけようとすることを避けたのである。

『源氏物語』(若紫)

美しい子どもを迎えて育て
自分の子以上の存在にする。

娘というものも、これほど大きくなれば
父親はこんなにも接近して世話ができず、
夜も同じ寝室にはいることは
許されないわけであるから、
こんなおもしろい間柄というものはない

今は第二の父と思っている源氏にばかり馴染《なじ》んでいった。外から源氏の帰って来る時は、自身がだれよりも先に出迎えてかわいいふうにいろいろな話をして、懐《ふところ》の中に抱かれて少しもきまり悪くも恥ずかしくも思わない。こんな風変わりな交情がここにだけ見られるのである。

大人の恋人との交渉には微妙な面倒《めんどう》があって、こんな障害で恋までもそこねられるのではないかと我ながら不安を感じることがあったり、女のほうはまた年じゅう恨み暮らしに暮らすことになって、ほかの恋がその間に芽ばえてくることにもなる。この相手にはそんな恐れは少しもない。ただ美しい心の慰めであるばかりであった。娘というものも、これほど大きくなれば父親はこんなにも接近して世話ができず、夜も同じ寝室にはいることは許されないわけであるから、こんなおもしろい間柄というものはないと源氏は思っているらしいのである。

『源氏物語』(若紫)

ほかの男を魅了できない女を光る君は生涯、愛し抜く。

自分以外の男は
あの人を終世変わりない妻として
置くことはできまい

なんらの男を引きつける力のない女であると断案を下しながらも、自分以外の男はあの人を終世変わりない妻として置くことはできまい、自分があの人の良人《おっと》になったのも、気がかりにお思いになったはずの父宮の霊魂が導いて行ったことであろうと思ったのであった。うずめられている橘《たちばな》の木の雪を随身に払わせた時、横の松の木がうらやましそうに自力で起き上がって、さっと雪をこぼした。

『源氏物語』(末摘花)

美しさと品性と身柄。
これらに互いの関わりはない。

上品であるということは
身柄によらぬ

灯影《ほかげ》で見た空蝉《うつせみ》の横顔が美しいものではなかったが、姿態の優美さは十分の魅力があった。常陸《ひたち》の宮の姫君はそれより品の悪いはずもない身分の人ではないか、そんなことを思うと上品であるということは身柄によらぬことがわかる。男に対する洗練された態度、正義の観念の強さ、ついには負けて退却をしたなどと源氏は何かのことにつけて空蝉が思い出された。

『源氏物語』(末摘花)

すべてを見なくてもいい
頭の形や髪の美しさだけを見ればいい。

かつてこの人を
残らず見てしまった雪の夜明けに
後悔されたことも思い出して、
ずっと上へは格子を押し上げずに……

少しばかり積もっていた雪の光も混じって室内の物が皆よく見えた。源氏が直衣《のうし》を着たりするのをながめながら横向きに寝た末摘花の頭の形もその辺の畳にこぼれ出している髪も美しかった。この人の顔も美しく見うる時が至ったらと、こんなことを未来に望みながら格子《こうし》を源氏が上げた。かつてこの人を残らず見てしまった雪の夜明けに後悔されたことも思い出して、ずっと上へは格子を押し上げずに、脇息《きょうそく》をそこへ寄せて支えにした。

『源氏物語』（末摘花）

恋に真実はいらない。
誰にも知られず
愛人の生き写しの子を産むことができる。

お見せにならないのにも理由があった。
それは若宮のお顔が驚くほど
源氏に生き写しであって、
別のものとは
決して見えなかったからである。

帝は新皇子を非常に御覧になりたがっておいでになった。人知れぬ父性愛の火に心を燃やしながら源氏は伺候者の少ない隙《すき》をうかがって行った。

「陛下が若宮にどんなにお逢いになりたがっていらっしゃるかもしれません。それで私がまずお目にかかりまして御様子でも申し上げたらよろしいかと思います」

と源氏は申し込んだのであるが、

「まだお生まれたての方というものは醜うございますからお見せしたくございません」

という母宮の御挨拶で、お見せにならないのにも理由があった。それは若宮のお顔が驚くほど源氏に生き写しであって、別のものとは決して見えなかったからである。宮はお心の鬼からこれを苦痛にしておいでになった。

『源氏物語』(紅葉賀)

男は知らなければ、
妻の愛人の子どもを、
自分の子として寵愛することもできる。

「…だから同じように思うのか
よく似た気がする。
小さい間は皆こんなものだろうか」
源氏は……いろいろに思って
涙がこぼれそうだった。

こんな尊貴な女御から同じ美貌の皇子が新しくお生まれになったのであるから、これこそは瑕《きず》なき玉であると御寵愛《ちょうあい》になる。女御の宮はそれをまた苦痛に思っておいでになった。源氏の中将が音楽の遊びなどに参会している時などに帝は抱いておいでになって、

「私は子供がたくさんあるが、おまえだけをこんなに小さい時から毎日見た。だから同じように思うのかよく似た気がする。小さい間は皆こんなものだろうか」

とお言いになって、非常にかわいくお思いになる様子が拝された。源氏は顔の色も変わる気がしておそろしくも、もったいなくも、うれしくも、身にしむようにもいろいろに思って涙がこぼれそうだった。

『源氏物語』(紅葉賀)

光る人が自分のために愛の歌をささやく……ひかれない女はいない。

「何もそんなこわいものではありませんよ」
と源氏は言って、さらに、
深き夜の哀れを知るも入る月の
おぼろげならぬ契りとぞ思ふ
とささやいた。

だれももう寝てしまったらしい。若々しく貴女らしい声で、「朧月夜《おぼろづきよ》に似るものぞなき」と歌いながらこの戸口へ出て来る人があった。源氏はうれしくて突然袖《そで》をとらえた。女はこわいと思うふうで、

「気味が悪い、だれ」

と言ったが、

「何もそんなこわいものではありませんよ」

と源氏は言って、さらに、

深き夜の哀れを知るも入る月のおぼろげならぬ契りとぞ思ふ

とささやいた。抱いて行った人を静かに一室へおろしてから三の口をしめた。この不謹慎な闖入者《ちんにゅうしゃ》にあきれている女の様子が柔らかに美しく感ぜられた。

『源氏物語』(花宴)

光る男に恋した女は
いつも自分の美質に反省を強いられる。

源氏の情人である人たちは、
恋人のすばらしさを眼前に見て、
今さら自身の価値に
反省をしいられた気がした。

相当な身分の女たちや尼さんなども、群集の中に倒れかかるようになって見物していた。平生こんな場合に尼などを見ると、世捨て人がどうしてあんなことをするかと醜く思われるのであるが、今日だけは道理である。光源氏を見ようとするのだからと同情を引いた。着物の背中を髪でふくらませた、卑しい女とか、労働者階級の者までも皆手を額に当てて源氏を仰いで見て、自身が笑えばどんなおかしい顔になるかも知らずに喜んでいた。また源氏の注意を惹《ひ》くはずもないちょっとした地方官の娘なども、せいいっぱいに装った車に乗って、気どったふうで見物しているとか、こんないろいろな物で一条の大路《おおじ》はうずまっていた。源氏の情人である人たちは、恋人のすばらしさを眼前に見て、今さら自身の価値に反省をしいられた気がした。

『源氏物語』（葵）

弱っていく姿を見たときに始まる
愛もある。

たくさんな長い髪は
中ほどで束ねられて、
枕に添えてある。
美女がこんなふうでいることは
最も魅惑的なものである

まだ産期には早いように思って一家の人々が油断しているうちに葵の君*はにわかに生みの苦しみにもだえ始めた。病気の祈祷のほかに安産の祈りも数多く始められたが、例の執念深い一つの物怪《もののけ》だけはどうしても夫人から離れない……夫人は美しい顔をして、そして腹部だけが盛り上がった形で寝ていた。他人でも涙なしには見られないのを、まして良人である源氏が見て惜しく悲しく思うのは道理である。白い着物を着ていて、顔色は病熱ではなやかになっている。たくさんな長い髪は中ほどで束ねられて、枕《まくら》に添えてある。美女がこんなふうでいることは最も魅惑的なものであると見えた。源氏は妻の手を取って、

「悲しいじゃありませんか。私にこんな苦しい思いをおさせになる」

『源氏物語』（葵）

＊光源氏の正妻。

別れが近づくほどに
二人で過ごした時間が恋しくなっていく。

自分はこの人が好きであった……
二人の昔も恋しくなり、
別れたのちの寂しさも痛切に考えられて、
源氏は泣き出してしまった

御息所が完全に源氏のものであって、しかも情熱の度は源氏よりも高かった時代に、源氏は慢心していた形でこの人の真価を認めようとはしなかった。またいやな事件も起こって来た時からは、自身の心ながらも恋を成るにまかせてあった。それが昔のようにして語ってみると、にわかに大きな力が源氏をとらえて御息所のほうへ引き寄せるのを源氏は感ぜずにいられなかった。自分はこの人が好きであったのだという認識の上に立ってみると、二人の昔も恋しくなり、別れたのちの寂しさも痛切に考えられて、源氏は泣き出してしまったのである……

ようやくあきらめができた今になって、また動揺することになってはならない危険な会見を避けていたのであるが、予感したとおりに御息所の心はかき乱されてしまった。

『源氏物語』(榊)

苦しいほど片恋した相手を人は決して忘れることができない。

宮のお召し物の褄《つま》先を手で引いた。
源氏の服の薫香《くんこう》の香《か》が
さっと立って、
宮は様子をお悟りになった。

髪の質、頭の形、髪のかかりぎわなどの美しさは西の対の姫君とそっくりであった。よく似たことなどを近ごろは初めほど感ぜずにいた源氏は、今さらのように驚くべく酷似した二女性であると思って、苦しい片恋のやり場所を自分は持っているのだという気が少しした。高雅な所も別人とは思えないのであるが、初恋の宮*は思いなしか一段すぐれたものに見えた。華麗な気の放たれることは昔にましたお姿であると思った源氏は前後も忘却して、そっと静かに帳台へ伝って行き、宮のお召し物の褄《つま》先を手で引いた。源氏の服の薫香《くんこう》の香《か》がさっと立って、宮は様子をお悟りになった。驚きと恐れに宮は前へひれ伏しておしまいになったのである。

『源氏物語』(榊)

*光源氏が恋する藤壺。父、桐壺帝の妃。

「これ以上の無礼をしません」その後の油断を得るために。

「私はこれだけで満足します……
それ以上の無礼をしようとは思いません」
こんなふうに言って油断をおさせしようとした。
今後の場合のために。

以前になかったことではないが、またも罪を重ねることは堪えがたいことであると思召《おぼしめ》す宮は、柔らかい、なつかしいふうは失わずに、しかも迫る源氏を強く避けておいでになる。ただこんなふうで今夜も明けていく。この上で力で勝つことはなすに忍びない清い気高《けだか》さの備わった方であったから、源氏は、

「私はこれだけで満足します。せめて今夜ほどに接近するのをお許しくだすって、今後も時々は私の心を聞いてくださいますなら、私はそれ以上の無礼をしようとは思いません」

こんなふうに言って油断をおさせしようとした。今後の場合のために。

『源氏物語』(榊)

その涙は私のものか
それとも美しい光源氏のものか。

涙はほろほろとこぼれた。

「そら、涙が落ちる、どちらのために」

と帝はお言いになった。

「人生はつまらないものだという気がしてきて、それとともにもう決して長くは生きていられないように思われる。私がなくなってしまった時、あなたはどう思いますか、旅へ人の行った時の別れ以上に悲しんでくれないでは私は失望する。生きている限り愛し合おうという約束をして満足している人たちに、私のあなたを思う愛の深さはわからないだろう。私は来世に行ってまであなたと愛し合いたいのだ」

となつかしい調子で仰せられる、それにはお心の底からあふれるような愛が示されていることであったから、尚侍の涙はほろほろとこぼれた。

「そら、涙が落ちる、どちらのために」

と帝*はお言いになった。

『源氏物語』(須磨)

*朱雀帝。光源氏の父である桐壺帝から譲位。光源氏の異母兄。

恋する思いは琴の音だけで熱せられていく。

十三絃《げん》の琴の緒《お》が鳴った。

それによってさっきまで琴などを弾《ひ》いていた若い女の美しい室内の生活ぶりが想像されて、源氏はますます熱していく。

力で勝つことは初めからの本意でもない、女の心を動かすことができずに帰るのは見苦しいとも思う源氏が追い追いに熱してくる言葉などは、明石の浦でされることが少し場所違いでもったいなく思われるものであった。几帳《きちょう》の紐《ひも》が動いて触れた時に、十三絃《げん》の琴の緒《お》が鳴った。それによってさっきまで琴などを弾《ひ》いていた若い女の美しい室内の生活ぶりが想像されて、源氏はますます熱していく。

「今音が少ししたようですね。琴だけでも私に聞かせてくださいませんか」

とも源氏は言った。

『源氏物語』(明石)

昔の恋人の面影を思い出して「美しい」と感じられる。

明るくはない光の中に
昔の恋人の姿があった。
美しくはなやかに思われるほどに
切り残した髪が背にかかっていて……

もう外は暗くなっていた。ほのかな灯影《ほかげ》が病牀《びょうしょう》の几帳《きちょう》をとおしてさしていたから、あるいは見えることがあろうかと静かに寄って几帳の綻《ほころ》びからのぞくと、明るくはない光の中に昔の恋人の姿があった。美しくはなやかに思われるほどに切り残した髪が背にかかっていて、脇息によった姿は絵のようであった。源氏は哀れでたまらないような気がした。

『源氏物語』（澪標）

他人よりすぐれところより、前生の因縁
それが二人を結ぶ。

何一つすぐれた所のない末摘花を
なぜ妻の一人として
こんな取り扱いをするのであろう。
これも前生の因縁ごとであるに違いない。

二条の院にすぐ近い地所へこのごろ建築させている家のことを、源氏は末摘花に告げて、

そこへあなたを迎えようと思う、今から童女として使うのによい子供を選んで馴《な》らしておおきなさい。

ともその手紙には書いてあった。女房たちの着料までも気をつけて送って来る源氏に感謝して、それらの人々は源氏の二条の院のほうを向いて拝んでいた。一時的の恋にも平凡な女を相手にしなかった源氏で、ある特色の備わった女性には興味を持って熱心に愛する人として源氏をだれも知っているのであるが、何一つすぐれた所のない末摘花をなぜ妻の一人としてこんな取り扱いをするのであろう。これも前生の因縁ごとであるに違いない。

『源氏物語』（蓬生）

恋愛は、
自分の思いが伝わらないものだから
苦しいものでしかない。

恋愛するのは
苦しいものなのですよ……
自分の誠意がわかってもらえなかった
二つのことがあるのですが、
その一つはあなたのお母様のことです。

「私は過去の青年時代に、みずから求めて物思いの多い日を送りました。恋愛するのは苦しいものなのですよ。悪い結果を見ることもたくさんありましたが、とうとう終《しま》いまで自分の誠意がわかってもらえなかった二つのことがあるのですが、その一つはあなたのお母様のことです。お恨ませしたままお別れしてしまって、このことで未来までの煩いになることを私はしてしまったかと悲しんでいましたが、こうしてあなたにお尽くしすることのできることで私はみずから慰んでいるもののなおそれでもおかくれになったあなたのお母様のことを考えますと、私の心はいつも暗くなります」

もう一つのほうの話はしなかった。

『源氏物語』(薄雲)

世代や時代が変わっても
いつもそこには許されぬ恋がある。

その様子が少女らしくきわめて可憐《かれん》であった。若君の不安さはつのって、

「ここをあけてくださいい、小侍従はいませんか」

と言った。あちらには何とも答える者がない。

どうかして恋人に逢おうと思うことで夢中になっていた若君[*1]は、皆が寝入ったころを見計らって姫君[*2]の居間との間の襖子《からかみ》をあけようとしたが、平生は別に錠などを掛けることもなかった仕切りが、今夜はしかと鎖《とざ》されてあって、向こう側に人の音も聞こえない。若君は心細くなって、襖子によりかかっていると、姫君も目をさましていて、風の音が庭先の竹にとまってそよそよと鳴ったり、空を雁《かり》の通って行く声のほのかに聞こえたりすると、無邪気な人も身にしむ思いが胸にあるのか、「雲井の雁もわがごとや」（霧深き雲井の雁もわがごとや晴れもせず物の悲しかるらん）と口ずさんでいた。その様子が少女らしくきわめて可憐《かれん》であった。若君の不安さはつのって、

「ここをあけてくださいい、小侍従はいませんか」

と言った。あちらには何とも答える者がない。

『源氏物語』（乙女）

＊1　光源氏の子ども。夕霧。
＊2　夕霧の恋人。

親のために別れる幼い二人だけに深い苦しさと純粋な美しい恋が宿る。

「……逢わないでいてはどんなに苦しいだろうと今から心配でならない……」

「私も苦しいでしょう、きっと」

「恋しいだろうとお思いになる」

と男が言うと、雲井の雁が幼いふうにうなずく。

乳母はかわいそうに思って、宮へは体裁よく申し上げ、夕方の暗《くら》まぎれに二人*をほかの部屋で逢わせた。きまり悪さと恥ずかしさで二人はものも言わずに泣き入った。

「伯父《おじ》様の態度が恨めしいから、恋しくても私はあなたを忘れてしまおうと思うけれど、逢わないでいてはどんなに苦しいだろうと今から心配でならない。なぜ逢えば逢うことのできたころに私はたびたび来なかったろう」

と言う男の様子には、若々しくてそして心を打つものがある。

「私も苦しいでしょう、きっと」

「恋しいだろうとお思いになる」

と男が言うと、雲井の雁が幼いふうにうなずく。座敷には灯《ひ》がともされて、門前からは大臣の前駆の者が大仰《おおぎょう》に立てる人払いの声が聞こえてきた。

『源氏物語』(乙女)

*光源氏の息子「夕霧」と恋人。

恋をしたすべての相手を愛し
最後まで誠意を忘れてはならない。

源氏の保護を受けている女は多かった。
だれの所も洩《も》らさず訪問し……
末々の恋人にまで
誠意を忘れず持ってくれることに、
それらの人々は慰められて年月を送っていた。

源氏の保護を受けている女は多かった。だれの所も洩《も》らさず訪問して、

「長く来られない時もありますが、心のうちでは忘れているのではないのです。ただ生死の別れだけが私たちを引き離すものだと思いますが、その命というものを考えると、実に心細くなりますよ」

などとなつかしい調子で恋人たちを慰めていた。皆ほどほどに源氏は愛していた。女に対して驕慢《きょうまん》な心にもついなりそうな境遇にいる源氏ではあるが、末々の恋人にまで誠意を忘れず持ってくれることに、それらの人々は慰められて年月を送っていた。

『源氏物語』(初音)

恋の駆け引きで愛する女を守る。

たいしたことでなしに、
花や蝶につけての返事はして、
この程度の交際を持続させておくことも
相手を熱心にさせる効果のあるものだ

「これはどんな人のですか」

と源氏は聞くのであるが、はかばかしい返辞を玉鬘*はしない。源氏は右近を呼び出した。

「こんな手紙をよこす人たちに細心な注意を払ってね、分類をしてね、返事をすべき人には返事をさせなければいけない。近ごろの男が暴力で恋を遂げるというようなことも、必ずしも男の咎《とが》ばかりではない。それは私自身も体験したことで、あまりに冷淡だ、無情だ、恨めしいと、そんな気持ちが積もり積もって、無法をしてしまうのだ。またそれが身分の低い女であれば、失敬な態度だと思っては罪を犯すことにもなるのだ。たいしたことでなしに、花や蝶につけての返事はして、この程度の交際を持続させておくことも相手を熱心にさせる効果のあるものだからね。あるいはまたそれなりに双方で忘れてしまうことになっても少しもさしつかえのないことだ……」

『源氏物語』(胡蝶)

*光源氏の養女。夕顔の娘。

もっとも悔しいことは
自分で育てた女が人の妻になることだ。

化粧なども上手《じょうず》になって、
不満足な気のするようなことは
一つもないはなやかな美人になっていた。
人の妻にさせては
後悔が残るであろうと源氏は思った。

「……誠意のない出来心で手紙をよこしたような場合にすぐ返事を書いてやるのもよろしくない。あとで批難されても弁解のしようがない。全体女というものは、慎み深くしていずに、動いた感情をありのままに相手へ見せることをしては、結果は必ずよくないものだが、宮や大将が謙遜《けんそん》な態度をとって、いいかげんな一時的な恋をされる訳はないのだからね。いつも返事をせずに自尊心を持ち過ぎた女のように思わせるのも、この人にはふさわしくないことだからね。またそれ以下の人たちのことは、忍耐力の強さ、月日の長さ短さによって、それ相応に好意的な返事をするのだね」

と源氏が言っている間、顔を横向けていた玉鬘《たまかずら》の側面が美しく見えた……

今では非常に柔らかな、繊細な美が一挙一動に現われ、化粧なども上手《じょうず》になって、不満足な気のするようなことは一つもないはなやかな美人になっていた。人の妻にさせては後悔が残るであろうと源氏は思った。

『源氏物語』(胡蝶)

子どもから育てた女に
だんだんと恋しい心が芽生えていく。

恋しい心の芽ばえていることなどは
気恥ずかしくて言い出せなかった。
それとなくその気持ちを言う言葉は
時々混ぜもするのであるが……

「……私をあなたのお母様だと思って、何でも相談してくださったらいいと思う。あなたに不満足な思いをさせるような結婚はさせたくないと私は思っているのです」

こう源氏はまじめに言っていたが、玉鬘《たまかずら》はどう返事をしてよいかわからないふうを続けているのもさげすまれることになるであろうと思って言った。

「まだ物心のつきませんころから、親というものを目に見ない世界にいたのでございますから、親がどんなものであるか、親に対する気持ちはどんなものであるか私にはわかってないのでございます」……

「では、親のない子は育ての親を信頼すべきだという世間の言いならわしのように私の誠意をだんだんと認めていってくれますか」

などと源氏は言っていた。恋しい心の芽ばえていることなどは気恥ずかしくて言い出せなかった。それとなくその気持ちを言う言葉は時々混ぜもするのであるが、気のつかぬふうであったから、歎息《たんそく》をしながら源氏は帰って行こうとした。

『源氏物語』（胡蝶）

育てる女に特別な愛がある男。そのことを感じ取る男の妻。

この源氏の賞《ほ》め言葉を聞いていて夫人は、良人《おっと》が単に養女として愛する以外の愛をその人に持つことになっていく経路を、源氏の性格から推して察したのである。

源氏は別れぎわに玉鬘の言ったことで、いっそうその人を可憐《かれん》に思って、夫人に話すのであった。

「不思議なほど調子のなつかしい人ですよ。母であった人はあまりに反撥《はんぱつ》性を欠いた人だったけれど、あの人は、物の理解力も十分あるし、美しい才気も見えるし、安心されないような点が少しもない」

この源氏の賞《ほ》め言葉を聞いていて夫人は、良人《おっと》が単に養女として愛する以外の愛をその人に持つことになっていく経路を、源氏の性格から推して察したのである。

『源氏物語』(胡蝶)

第三章

輝いて生きる

私ほどあなたを愛する人はこの世にはいない。

もとから愛している上に、
そうなればまた愛が加わるのだから、
それほど愛される恋人というものはない……
あなたに恋をしている人たちより以下のものに
私を見るわけはないでしょう。

不安な気がして下を向いている玉鬘の様子が美しかった……

源氏はこの時になってはじめて恋をささやいた。女は悲しく思って、どうすればよいかと思うと、身体《からだ》に慄《ふる》えの出てくるのも源氏に感じられた。

「なぜそんなに私をお憎みになる。今まで私はこの感情を上手《じょうず》におさえていて、だれからも怪しまれていなかったのですよ。あなたも人に悟らせないようにつとめてください。もとから愛している上に、そうなればまた愛が加わるのだから、それほど愛される恋人というものはないだろうと思われる。あなたに恋をしている人たちより以下のものに私を見るわけはないでしょう。こんな私のような大きい愛であなたを包もうとしている者はこの世にないはずなのですから、私が他の求婚者たちの熱心の度にあきたらないもののあるのはもっともでしょう」

『源氏物語』(胡蝶)

と源氏は言った。変態的な理屈である。

脱いだ上着は音を立てない。
恋をしたのが幼い女であっても。

都合よく着ならした上着は、
こんな時にそっと脱ぎすべらすのに
音を立てなかったから、
そのまま玉鬘の横へ寝た。

雨はすっかりやんで、竹が風に鳴っている上に月が出て、しめやかな気になった。女房たちは親しい話をする主人たちに遠慮をして遠くへ去っていた。始終逢《あ》っている間柄ではあるが、こんなよい機会もまたとないような気がしたし、抑制したことが口へ出てしまったあとの興奮も手伝って、都合よく着ならした上着は、こんな時にそっと脱ぎすべらすのに音を立てなかったから、そのまま玉鬘の横へ寝た。玉鬘は情けない気がした。人がどう言うであろうと思うと非常に悲しくなった。

『源氏物語』(胡蝶)

恋の苦しみを恋しい人に慰めてほしい。恋に求めるものはそれだけ。

これ以上のことを私は断じてしませんよ。
ただこうして私の恋の苦しみを
一時的に慰めてもらおうとするだけです

実父の所であれば、愛は薄くてもこんな禍《わざわ》いはなかったはずであると思うと涙がこぼれて、忍ぼうとしても忍びきれないのである。玉鬘がそんなにも心を苦しめているのを見て、

「そんなに私を恐れておいでになるのが恨めしい。それまでに親しんでいなかった人たちでも、夫婦の道の第一歩は、人生の掟《おきて》に従って、いっしょに踏み出すのではありませんか。もう馴染《なじ》んでから長くなる私が、あなたと寝て、それが何恐ろしいことですか。これ以上のことを私は断じてしませんよ。ただこうして私の恋の苦しみを一時的に慰めてもらおうとするだけですよ」

『源氏物語』（胡蝶）

女を蛍の光で美しく照らし出す。
その美しさで好色の男の心をくじくために。

今まで隠していたのを、
さりげなしに几帳を引き繕うふうをして
にわかに袖《そで》から出したのである。
たちまちに異常な光がかたわらに湧《わ》いた驚きに
扇で顔を隠す玉鬘の姿が美しかった。

玉鬘は困っていた。なおこうしていればその用があるふうをしてそばへ寄って来ないとは保証されない源氏であったから、複雑な侘《わび》しさを感じながら玉鬘はそこを出て中央の室の几帳《きちょう》のところへ、よりかかるような形で身を横たえた。宮の長いお言葉に対して返辞がしにくい気がして玉鬘が躊躇《ちゅうちょ》している時、源氏はそばへ来て薄物の几帳の垂《た》れを一枚だけ上へ上げたかと思うと、蝋《ろう》の燭《ひ》をだれかが差し出したかと思うような光があたりを照らした。玉鬘は驚いていた。夕方から用意して蛍《ほたる》を薄様《うすよう》の紙へたくさん包ませておいて、今まで隠していたのを、さりげなしに几帳を引き繕うふうをしてにわかに袖《そで》から出したのである。たちまちに異常な光がかたわらに湧《わ》いた驚きに扇で顔を隠す玉鬘の姿が美しかった。強い明りがさしたならば宮も中をおのぞきになるであろう、ただ自分の娘であるから美貌《びぼう》であろうと想像をしておいでになるだけで、実質のこれほどすぐれた人とも認識しておいでにならないであろう。好色なお心を遣《や》る瀬ないものにして見せようと源氏が計ったことである。

『源氏物語』(蛍)

小説に書かれたことがすべて嘘とは言い切れない。

全然架空のことではなくて、人間のだれにもある美点と欠点が盛られているものが小説であると見ればよいかもしれない。

「だれの伝記とあらわに言ってなくても、善《よ》いこと、悪いことを目撃した人が、見ても見飽かぬ美しいことや、一人が聞いているだけでは憎み足りないことを後世に伝えたいと、ある場合、場合のことを一人でだけ思っていられなくなって小説というものが書き始められたのだろう。よいことを言おうとすればあくまで誇張してよいことずくめのことを書くし、また一方を引き立てるためには一方のことを極端に悪いことずくめに書く。全然架空のことではなくて、人間のだれにもある美点と欠点が盛られているものが小説であると見ればよいかもしれない。支《し》那《な》の文学者が書いたものはまた違うし、日本のも昔できたものと近ごろの小説とは相異していることがあるでしょう。深さ浅さはあるだろうが、それを皆嘘であると断言することはできない……」

『源氏物語』(蛍)

幼い女の髪の手触りの冷たさ
そこにはすでにあでやかさがある。

ちょうど涼しいほどの明りがさして、
女の美しさが浮き出して見えた。
髪の手ざわりの冷たいことなども
艶《えん》な気がして……
源氏は立ち去る気になれない

恋しい玉鬘の所へ源氏は始終来て、一日をそこで暮らすようなことがあった。琴を教えたりもしていた。五、六日ごろの夕月は早く落ちてしまって、涼しい色の曇った空のもとでは荻《おぎ》の葉が哀れに鳴っていた。琴を枕《まくら》にして源氏と玉鬘とは並んで仮寝《かりね》をしていた……

前の庭の篝《かがり》が少し消えかかっているのを、ついて来ていた右近衛《うこんえ》の丞《じょう》に命じてさらに燃やさせた。涼しい流れの所におもしろい形で広がった檀《まゆみ》の木の下に美しい篝は燃え始めたのである。座敷のほうへはちょうど涼しいほどの明りがさして、女の美しさが浮き出して見えた。髪の手ざわりの冷たいことなども艶《えん》な気がして、恥ずかしそうにしている様子が可憐《かれん》であった源氏は立ち去る気になれないのである。

『源氏物語』(篝火)

ほんとうの美しさは、それを夢中になって眺める人の顔にまで愛嬌をもたらす。

気高《けだか》くてきれいで、さっと匂《にお》いの立つ気がして、春の曙《あけぼの》の霞《かすみ》の中から美しい樺桜《かばざくら》の咲き乱れたのを見いだしたような気がした。夢中になってながめる者の顔にまで愛嬌《あいきょう》が反映するほどである。

中将*が来て東の渡殿《わたどの》の衝立《ついたて》の上から妻戸の開いた中を何心もなく見ると女房がおおぜいいた。中将は立ちどまって音をさせぬようにしてのぞいていた。屏風《びょうぶ》なども風のはげしいために皆畳み寄せてあったから、ずっと先のほうもよく見えるのであるが、そこの縁付きの座敷にいる一女性が中将の目にはいった。女房たちと混同して見える姿ではない。気高《けだか》くてきれいで、さっと匂《にお》いの立つ気がして、春の曙《あけぼの》の霞《かすみ》の中から美しい樺桜《かばざくら》の咲き乱れたのを見いだしたような気がした。夢中になってながめる者の顔にまで愛嬌《あいきょう》が反映するほどである。かつて見たことのない麗人である。御簾《みす》の吹き上げられるのを、女房たちがおさえ歩くのを見ながら、どうしたのかその人が笑った。非常に美しかった。草花に同情して奥へもはいらずに紫の女王がいたのである。

『源氏物語』(野分)

*夕霧。光源氏の子。

子が親とは思えないほどの性的な美しさ。光る親の圧倒的な美。

親という気がせぬほど源氏は若くきれいで、美しい男の盛りのように見えた。女の美もまた完成の域に達した時であろうと、身にしむほどに中将は思った……

父の大臣が自分に接近する機会を与えないのは、こんなふうに男性が見ては平静でありえなくなる美貌《びぼう》の継母と自分を、聡明《そうめい》な父は隔離するようにして親しませなかったのであったと思うと、中将*は自身の隙見《すきみ》の罪が恐ろしくなって、立ち去ろうとする時に、源氏は西側の襖子《ふすま》をあけて夫人の居間へはいって来た。

「いやな日だ。あわただしい風だね、格子を皆おろしてしまうがよい、男の用人がこの辺にもいるだろうから、用心をしなければ」

と源氏が言っているのを聞いて、中将はまた元の場所へ寄ってのぞいた。女王は何かものを言っていて源氏も微笑しながらその顔を見ていた。親という気がせぬほど源氏は若くきれいで、美しい男の盛りのように見えた。女の美もまた完成の域に達した時であろうと、身にしむほどに中将は思った……

『源氏物語』(野分)

＊夕霧。光源氏の子。

我が子に悪感を覚えさせるほど光る人は恋なしでは生きていけない。

戯れていることは見ていてわかることであったから、不思議な行為である。
親子であっても
懐《ふところ》に抱きかかえる幼年者でもない、
あんなにしてよいわけのものでないのに……

中将は父の源氏がゆっくりと話している間に、この異腹の姉の顔を一度のぞいて知りたいとは平生から願っていることであったから……端をそっと上げて見ると、中央の部屋との間に障害になるような物は皆片づけられてあったからよく見えた。戯れていることは見ていてわかることであったから、不思議な行為である。親子であっても懐《ふところ》に抱きかかえる幼年者でもない、あんなにしてよいわけのものでないのにと目がとまった……柱のほうへ身体《からだ》を少し隠すように姫君*がしているのを、源氏は自身のほうへ引き寄せていた。髪の波が寄って、はらはらとこぼれかかっていた。女も困ったようなふうはしながらも、さすがに柔らかに寄りかかっているのを見ると、始終このなれなれしい場面の演ぜられていることも中将に合点《がてん》された。悪感《おかん》の覚えられることである……

『源氏物語』(野分)

＊玉鬘。光源氏の養女。

恋してはならない女に告白する。哀れだと思ってもらうだけでいいからと。

「この花も今の私たちにふさわしい花ですから」
と言って、玉鬘が受け取るまで放さずにいたので、
やむをえず手を出して取ろうとする袖《そで》を
中将は引いた

玉鬘*の平生よりもしんみりとした調子が中将にうれしかった。この時にと思ったのか、手に持っていた蘭《ふじばかま》のきれいな花を御簾《みす》の下から中へ入れて、

「この花も今の私たちにふさわしい花ですから」

と言って、玉鬘が受け取るまで放さずにいたので、やむをえず手を出して取ろうとする袖《そで》を中将は引いた……

玉鬘にとっては思いがけぬことに当惑を感じながらも、気づかないふうをして、少しずつ身を後ろへ引いて行った……

『源氏物語』(藤袴)

「……この感情はおさえられるものでないのですからお察しください。こんなことを告白してはかえってお憎みを受けることになろうと思って今までは黙っていたのですが、ただ哀れだと思っていただくだけのことで満足したい心にもなっているのです……」

*光源氏の養女。

血のにじむ想いを あなたに伝えたい。

今もその時に続いて長い恋をしておいでになり、
どんな機会にまた逢《あ》うことができよう、
今一度は逢って、
その時の血のにじむほど苦しかった心を
その人に告げたい

六条院[*1]はこの朧月夜《おぼろづきよ》[*2]の前尚侍と飽かぬ別れをあそばされたまま、今もその時に続いて長い恋をしておいでになり、どんな機会にまた逢《あ》うことができよう、今一度は逢って、その時の血のにじむほど苦しかった心をその人に告げたいと思召されるのであったが、双方とも世間の評のはばかられる身の上でもおありになって、女のためにも重い傷手《いたで》を負わせたあの騒動をお思いになると、積極的な御行動は取れないで院は忍んでおいでになったのであるが、朱雀《すざく》院ともお別れして閑散な独身生活にはいっているそのこと自身がお心を惹《ひ》いて、お逢いになりたくてならないのであった。

『源氏物語』(若菜)

*1　光源氏。
*2　光源氏の昔の恋人。

相手を拒みながらも恋の思い出がよみがえれば心を満たしていく。

これは二人にとって絶えて久しい場面であった。遠い世の思い出が女の心によみがえらないことでもないのである……

「これはいつまでもこのままにしておくことになるのですか」

と言って、襖子を引き動かしたまうのであった。

六条院*1のおいでになったことが伝えられる……

尚侍*2はひどく歎息《たんそく》をしながら膝行《いざっ》て出た。だからこの人は軽率なのであると、満足を感じながらも院は批評をしておいでになった。これは二人にとって絶えて久しい場面であった。遠い世の思い出が女の心によみがえらないことでもないのである。東の対であった。東南の端の座敷に院はおいでになって、隣室の尚侍のいる所との間の襖子《からかみ》には懸金《かねがね》がしてあった。

「何だか若者としての御待遇を受けているようで、これでは心が落ち着かないではありませんか。あれからどれだけの年月、日は幾つたつということまでも忘れない私としては、あなたのこの冷たさが恨めしく思われてなりませんよ」……

昔に変わってあせらず老成なふうに恋を説きながら、

「これはいつまでもこのままにしておくことになるのですか」

と言って、襖子を引き動かしたまうのであった。

『源氏物語』（若菜）

＊1　光源氏。
＊2　朧月夜。

昔の恋人を前にして昔よりも深い愛を覚える。

世に対し、人に対してはばかる煩悶《はんもん》が見えて
歎息《たんそく》をしがちな尚侍を、
今初めて得た恋人よりも珍しくお思いになり、
海のような愛の湧《わ》くのを
院はお覚えになった。

朧月夜《おぼろづきよ》の尚侍《ないしのかみ》の心は弱く傾いていった……

昔のとおりなような夜が眼前に現われてきて、その時と今の間にあった時がにわかに短縮された気のするままに、初めの態度は取り続けられなくなった。

やはり最も艶《えん》な貴女《きじょ》としてなお若やかな尚侍を院*は御覧になることができたのであった。世に対し、人に対してはばかる煩悶《はんもん》が見えて歎息《たんそく》をしがちな尚侍を、今初めて得た恋人よりも珍しくお思いになり、海のような愛の湧《わ》くのを院はお覚えになった。

『源氏物語』（若菜）

*光源氏。

青春の日が恋しい。
昔の恋人が恋しいのと同じぐらいに。

この家で昔藤花《とうか》の宴があったのは
ちょうどこのころのことであった……
昔と今の間の長いことも考えられ、
青春の日が恋しく、
現在のことが身に沁《し》んでお思われになった。

夜の明けていくのが惜しまれて院*は帰って行く気が起こらない。朝ぼらけの艶な空からは小鳥の声がうららかに聞こえてきた。花は皆散った春の暮れで、浅緑にかすんだ庭の木立ちをおながめになって、この家で昔藤花《とうか》の宴があったのはちょうどこのころのことであったと院はみずからお言いになったことから、昔と今の間の長いことも考えられ、青春の日が恋しく、現在のことが身に沁《し》んでお思われになった。

『源氏物語』(若菜)

*光源氏。

恋は美しい。
しかし、恋のために捨てるほどの命はない。

どんなにすぐれた恋人であっても、
許されない恋に狂熱を傾け、
最後に身をあやまるようなことを
してはならない

あまりに彼[*1]は弱い男であった、どんなにすぐれた恋人であっても、許されない恋に狂熱を傾け、最後に身をあやまるようなことをしてはならないのである、一方の人のためにも気の毒なことであるし、彼が自身の命をそれに捨てたのも賢明なことではない、皆前生の因縁とはいいながらも、やはり軽率なことであったと、大将[*2]は自身一人で思っていて夫人にも話さなかった。

『源氏物語』(柏木)

＊1　柏木。光源氏の妻である女三宮と関係をもち、その間に子ができる。
＊2　夕霧。光源氏の子。柏木の友人。

第四章

誘って生きる

鈴虫を放ち
その音色で愛の誘惑をする。

草原に院は虫をお放ちになって、
夕風が少し涼しくなるころに宮の所へおいでになり、
虫の音《ね》を愛しておいでになるふうで
しきりに宮を誘惑しようと……

草原に院[*1]は虫をお放ちになって、夕風が少し涼しくなるころに宮[*2]の所へおいでになり、虫の音《ね》を愛しておいでになるふうでしきりに宮を誘惑しようとしておいでになった。今さらそうした行ないはあるまじいことであると、宮はただ恐ろしがっておいでになった。人目には以前と変わらぬようにあそばしながら、あの秘密をお知りになってからは、汚れたものとして嫌悪《けんお》をお続けになった自分の肉体を悲しむ心が出家のおもな動機になり、尼になった時からはいっさいの愛欲を忘れることができて、静かな平和な心を楽しんでいる自分に、またこうしたことを求められるのは苦しいことであると宮はお思いになり、六条院でない所へ住み移りたくおなりになるのであったが、これをはきはきと言っておしまいになることもできぬ弱い御性質であった。

『源氏物語』（鈴虫）

＊1　光源氏
＊2　女三宮。光源氏の妻だったが出家。

道がわからなくなったとき
恋は実行される。

「どうすることもできません。
道はわからなくなってしまいました……」
……思い切ったことは
今でなければ実行が不可能になろうと
みずからを励ましていた。

「私の帰る道も見えなくなってゆきますようなこんな時に、どうすればいいのでしょう……

どうすることもできません。道はわからなくなってしまいましたし、こちらはお追い立てになる。だれも経験することを少しも経験せずに始めようとする者は、すぐこうした目にあいます」……

忍び余る心もほのめかしてお話しする大将[*1]を、宮[*2]は今までからもその気持ちを全然お知りにならないのでもなかったが、気づかぬふうをしておいでになったのを、あらわに言葉にして言うのをお聞きになっては、ただ困ったこととお思われになって、いっそうものを多くお言いにならぬことになったのを、大将は歎息《たんそく》していて、心の中ではこんな機会はまたとあるわけもない、思い切ったことは今でなければ実行が不可能になろうとみずからを励ましていた。

『源氏物語』(夕霧)

＊1　夕霧。光源氏の子。
＊2　落葉の宮。友人だった柏木の未亡人。

それが本当に美しい恋ならば
成り立たせなくてはならない。

＊宮は恐ろしくおなりになって、
北側の襖子《からかみ》の外へいざって
出ようとあそばされた……
もうお身体《からだ》は隣の間へはいっていたのであるが、
お召し物の裾《すそ》がまだこちらに引かれていたのである。

夕霧が盛んに家の中へ流れ込むころで、座敷の中が暗くなっているのである。その女房は驚いて後ろを見返ったが、宮は恐ろしくおなりになって、北側の襖子《からかみ》の外へいざって出ようとあそばされたのを、大将は巧みに追いついて手でお引きとめした。もうお身体《からだ》は隣の間へはいっていたのであるが、お召し物の裾《すそ》がまだこちらに引かれていたのである。……

水のように宮は慄《ふる》えておいでになった……

「御尊敬申し上げておりますあなた様がこんなことをなさいますとは思いもよらぬことでございます」

と言って、泣かんばかりに退去を頼むのであるが……

大将は優美な落ち着きを失わずに、美しいこの恋を成り立たせなければならぬことを宮へお説きするのであった。

『源氏物語』(夕霧)

＊落葉の宮。友人だった柏木の未亡人。

嫌われていても
片思いの苦しさだけは聞いてほしい。

御反感をお招きしても、片思いの苦しさだけは
聞いていただきたいと思います。
それだけです……
もったいないあなた様なのですから、
決して、決して

宮は御同意をあそばすべくもない。こんな侮辱までも忍ばねばならぬかというお気持ちばかりが湧《わ》き上がるのであるから何を言うこともおできにならない。

「あまりに少女《おとめ》らしいではありませんか。思い余る心から、しいてここまで参ってしまったことは失礼に違いございませんが、これ以上のことをお許しがなくてしようとは存じておりません。この恋に私はどれだけ煩悶《はんもん》に煩悶を重ねてきたでしょう。私が隠しておりましても自然お目にとまっているはずなのですが、しいて冷たくお扱いになるものですから、私としてはこのほかにいたしようがないではございませんか。思いやりのない行動として御反感をお招きしても、片思いの苦しさだけは聞いていただきたいと思います。それだけです。御冷淡な御様子はお恨めしく思いますが、もったいないあなた様なのですから、決して、決して」

『源氏物語』(夕霧)

片思いは、やがて
月の光で悲しみに変わっていく。

格子もおろさぬままで
落ち方になった月のさし入る光も
大将の心に悲しみを覚えさせた。

やがておそばへ近づいた。しかも御意志を尊重して無理はあえてできない大将であった。宮はなつかしい、柔らかみのある、貴女《きじょ》らしい艶《えん》なところを十分に備えておいでになった。続いてあそばされたお物思いのせいかほっそりと痩《や》せておいでになるのが、お召し物越しに接触している大将によく感ぜられるのである。しめやかな薫香《くんこう》の匂《にお》いに深く包まれておいでになることも、柔らかに大将の官能を刺激《しげき》する、きわめて上品な可憐《かれん》さのある方であった。

吹く風が人を心細くさせる山の夜ふけになり、虫の声も鹿《しか》の啼《な》くのも滝の音も入り混じって艶《えん》な気分をつくるのであるから、ただあさはかな人間でも秋の哀れ、山の哀れに目をさまして身にしむ思いを知るであろうと思われる山荘に、格子もおろさぬままで落ち方になった月のさし入る光も大将の心に悲しみを覚えさせた。

『源氏物語』(夕霧)

好きになってもらえなくても
せめて最も清い恋であることは
認めてほしい。

安価な恋愛でなく、最も高い清い恋をする
私であることをお認めになって、
御安心なすってください。
お許しなしに決して、
無謀なことはいたしません

月の光のあるほうへいっしょに出ようと大将はお勧めするのであるが、宮はじっと冷淡にしておいでになるのを、大将はぞうさなくお引き寄せして、

「安価な恋愛でなく、最も高い清い恋をする私であることをお認めになって、御安心なすってください。お許しなしに決して、無謀なことはいたしません」……

……澄み切った月の、霧にも紛れぬ光がさし込んできた。短い庇《ひさし》の山荘の軒は空をたくさんに座敷へ入れて、月の顔と向かい合っているようなのが恥ずかしくて、その光から隠れるように紛らしておいでになる宮の御様子が非常に艶《えん》であった。故人*の話も少ししだして、閑雅な態度で大将は語っているのであった。しかもその中で故人に対してよりも劣ったお取り扱いを恨めしがった。宮のお心の中でも、故人はこの人に比べて低い地位にいた人であるが、院も御息所《みやすどころ》も御同意のもとでお嫁《とつ》がせになって自分はその人の妻になったのである……

『源氏物語』(夕霧)

*柏木。亡くなった夕霧の友人。宮(落葉の宮)の夫。

この愛を深い水だと思って
そこに身投げすればいいではないか。

思うことのかなわない時に
身を投げる人があるのですから、
私のこの愛情を深い水とお思いになって、
それへ身を捨てるとお思いになればよい

男[*1]は宮[*2]のお心の動かねばならぬようにして多くささやくのであるが、宮はただ恨めしくばかりお思いになって、この人に親しみを見いだそうとはあそばさない。

「こんなふうにあらん限りの侮蔑《ぶべつ》を加えられております私が非常に恥ずかしくて、あるまじい恋をし始めました初めの自分を後悔いたしますが、これは取り返しうるものではありませんし、あなた様のためにもうそれはしてならないことです。ですからもう御自分はどうでもよいという徹底した弱い心におなりなさい。思うことのかなわない時に身を投げる人があるのですから、私のこの愛情を深い水とお思いになって、それへ身を捨てるとお思いになればよいと思います」

と夕霧は言った。

『源氏物語』（夕霧）

*1　夕霧。光源氏の子。
*2　落葉の宮。友人だった柏木の未亡人。

この男は自分を愛し続けられない。女はいつも男の本性を見ている。

当時よりも衰えてしまった自分を
この人は愛し続けることが
できないであろう

朝日の光がさして来た時に、夕霧は被《かず》いでおいでになる宮の夜着の端をのけて、乱れたお髪《ぐし》を手でなで直しなどしながらお顔を少し見た。上品で、あくまで女らしく艶《えん》なお顔であった。男は正しく装っている時以上に、部屋の中での柔らかな姿が顔を引き立ててきれいに見えた。柏木《かしわぎ》*が普通の風采《ふうさい》でしかないのにもかかわらず思い上がり切っていて、宮を美人でないと思うふうを時々見せたことを宮はお思い出しになると、その当時よりも衰えてしまった自分をこの人は愛し続けることができないであろうとお考えられになって、恥ずかしくてならぬ気があそばされるのであった。

『源氏物語』（夕霧）

*亡くなった夕霧の友人。宮（落葉の宮）の夫。

美しさは、その死によって、さらに純粋さが増していく。

生きた佳人の、
人から見られぬよう見られぬようと願う
心の休みなく働いているのよりも、
己《おのれ》をあやぶむことも、他を疑うこともない
純粋なふうで寝ている美女の魅力は大きかった。

大将もしきりに涙がこぼれて、目も見えないのを、しいて引きあけて、遺骸をながめることをしたがかえって悲しみは増してくるばかりで、気も失うのではないかと夕霧はみずから思った。横にむぞうさになびけた髪が豊かで、清らかで、少しのもつれもなくつやつやとして美しい。明るい灯のもとに顔の色は白く光るようで、生きた佳人の、人から見られぬよう見られぬようと願う心の休みなく働いているのよりも、己《おのれ》をあやぶむことも、他を疑うこともない純粋なふうで寝ている美女の魅力は大きかった。少々の欠点があってもなお夕霧の心は恍惚《こうこつ》としていたであろうが、見れば見るほど故人の美貌《びぼう》の完全であることが認識されるばかりであったから、この自分を離れてしまうような気持ちのする心はそのままこの遺骸にとどまってしまうのではないかというような奇妙なことも夕霧は思った。

『源氏物語』(御法)

俗世を離れる気持ちになっても
それまでの生き方が
そうさせないこともある。

希望であった出家も遂げたいと
しきりにお思われになるのであったが、
気の弱さを史上に残すことが顧慮されて、
当分はこのままで忍ぶほかはない

女王は十四日に薨去《こうきょ》したのであって、これは十五日の夜明けのことである。はなやかな日が上って、野原一面に置き渡した露がすみずみまできらめく所をお通りになりながら、院はいっそうこの時人生というものをいとわしく悲しく思召して、残った自分の命といっても、もう長くは保ちえられるものではないであろうから、こうした苦しみを見る時に、昔からの希望であった出家も遂げたいとしきりにお思われになるのであったが、気の弱さを史上に残すことが顧慮されて、当分はこのままで忍ぶほかはないと御決心はあそばされても、なお胸の悲しみはせき上がってくるのであった。

『源氏物語』(御法)

恋の多い人生は、恵まれた人生だが同時に無常を悟らされる人生でもある。

一生を回顧してごらんになると、鏡に写る容貌《ようぼう》をはじめとして恵まれた人物として世に登場したことは確かであるが、幼年時代からすでに人生の無常を悟らせられるようなことが次々周囲に起こって……

寝ても起きても涙のかわくまもなく目はいつも霧におおわれたお気持ちで院は日を送っておいでになった。一生を回顧してごらんになると、鏡に写る容貌《ようぼう》をはじめとして恵まれた人物として世に登場したことは確かであるが、幼年時代からすでに人生の無常を悟らせられるようなことが次々周囲に起こって、これによって仏道へはいれと仏の促《うなが》すのをしいて知らぬふうに世の中から離脱することのできなかったために、過去にも未来にもこんなことがあろうとは思われぬ大なる悲しみを体験させられることになった、これほど悲しみのしずめがたい心を持っている間は、仏の道にもはいることは不可能であろうとみずからおあやぶまれになる院は、この心持ちを少しゆるやかにされたいと阿弥陀仏を念じておいでになった。

『源氏物語』(御法)

光る人は、恋し愛した相手がいなくなればだれよりも不幸になる。

こうして命の終わりも近い時になって、
最も悲しい経験をすることになったのだ。
これで負って来た業《ごう》も果たせた気がして、
安らかな境地が自分の心にできて……

「この世のことではあまり不足を感じなくともよいはずの身分に生まれていながら、だれよりも不幸であると思わなければならぬことが絶えず周囲に起こってくる。これは自分に人生のはかなさを体験すべく仏がお計らいになるのだと思われる。それをしいて知らぬ顔にしてきたものだから、こうして命の終わりも近い時になって、最も悲しい経験をすることになったのだ。これで負って来た業《ごう》も果たせた気がして、安らかな境地が自分の心にできて……」

『源氏物語』（まぼろし）

残された古い手紙には愛した人の墨の跡が生きている。

前の世のことのように
お思われになりながらも、
中をあけてお読みになると、
今書かれたもののように、
夫人の墨の跡が生き生きとしていた。

古い恋愛関係の手紙類をなお破るのは惜しい気があそばされたのか、だれのも少しずつ残してお置きになったのを、何かの時にお見つけになり破らせなどして、また改めて始末をしにおかかりになったのであるが、須磨《すま》の幽居時代に方々から送られた手紙などもあるうちに、紫の女王《にょおう》のだけは別に一束になっていた。御自身がしてお置きになったのであるが、古い昔のことであったと前の世のことのようにお思われになりながらも、中をあけてお読みになると、今書かれたもののように、夫人の墨の跡が生き生きとしていた。これは永久に形見として見るによいものであると思召《おぼしめ》されたが、こんなものも見てならぬ身の上になろうとするのでないかと、気がおつきになって、親しい女房*二、三人をお招きになって、居間の中でお破らせになった。

『源氏物語』（まぼろし）

*位の高い女官。

愛した人の、遺した言葉でなく
その書いた文字に深い悲しみを抱く。

女王の文字が
どれほどはげしい悲しみを
もたらしたか……
涙は昔の墨の跡に添って流れる

こんな場合でなくても、亡《な》くなった人の手紙を目に見ることは悲しいものであるのに、いっさいの感情を滅却させねばならぬ世界へ踏み入ろうとあそばす前の院のお心に女王の文字がどれほどはげしい悲しみをもたらしたかは御想像申し上げられることである。御気分はくらくなって涙は昔の墨の跡に添って流れるのが、女房たちの手前もきまり悪く恥ずかしくおなりになって、古手紙を少し前方へ押しやって、

死出の山越えにし人を慕ふとて跡を見つつもなほまどふかな

と仰せられた。女房たちも御遠慮がされてくわしく読むことはできないのであったが、端々の文字の少しずつわかっていくだけさえも非常に悲しかった。

『源氏物語』(まぼろし)

かつての恋文の言葉は
最後は天にのぼる煙となった。

かきつめて見るもかひなし藻塩草《もしほぐさ》
同じ雲井の煙とをなれ

同じ世にいて、近い所に別れ別れになっている悲しみを、実感のままに書かれてある故人の文章が、その当時以上に今のお心を打つのは道理なことである。こんなにめめしく悲しんで自分は見苦しいとお思いになって、よくもお読みにならないで長く書かれた女王の手紙の横に、

かきつめて見るもかひなし藻塩草《もしほぐさ》同じ雲井の煙とをなれ

とお書きになって、それも皆焼かせておしまいになった。

『源氏物語』(まぼろし)

第五章

光って生きる

優れた美の持ち主は
顔の多くを隠しても美しい。

扇の上から出た額は不思議なほど
容貌を品よくも卑しくも
みせるものであるということだけが解る。
こんな時に美人であるという印象を与える人が
それこそ類のない美人であろう。

平生こそ混って並んだ美くしい人とそうでない人との区別ははっきりと解るが、皆が皆精いっぱいにお化粧《つくり》をしていてはただ極彩色《ごくさいしき》の絵のようで、年の行った人も、行かぬ人も、髪の少し減ったのと、多い盛りに思われるのとを後から見るだけで見当を付けねばならない。それもただ自分の座から後が見える人だけより解らない。また正面の方から見る時に扇の上から出た額は不思議なほど容貌を品よくも卑しくもみせるものであるということだけが解る。こんな時に美人であるという印象を与える人がそれこそ類のない美人であろう。

『新訳紫式部日記』

朝露に濡れる花のように
自分も美しい色に染まりたい。

女郎花《おみなへし》さかりの色を見るからに露のわきける身こそ知らるれ

白露《しらつゆ》はわきても置かじ女郎花こころからにや色の染むらん

朝景色の美くしさに見入っていると、まだ薄霧《うすぎり》が降っていて、露も草原に充満《いっぱい》溜《たま》ったころであるのに、殿様が庭へ出てお出《い》でになった。殿様は随身の人に指図して小流の岸に濡《ぬ》れた木の葉の溜っているのなどを取り捨てさせておいでになった。階段《きざはし》の前に非常によく咲いた女郎花《おみなえし》のあるのを殿様は一枝《ひとえ》お折りになって上へお上《あが》りになった。殿様は自分の部屋へお出でになって、几帳《きちょう》の上から女郎花をお見せになった。美くしい御風采に対して、昨夜《ゆうべ》のままで作らずにいる自分の顔が恥《はずか》しくて、

「即興を早く、早く」

とおいいになるのを機会《しお》に、硯《すずり》の置いてある方へ身体を片寄せた。

女郎花《おみなへし》さかりの色を見るからに露のわきける身こそ知らるれ

微笑してお点頭《うなず》きになった殿様は、返歌をして下さる……

白露《しらつゆ》はわきても置かじ女郎花こころからにや色の染むらん

『新訳紫式部日記』

本当に美しい人は
特に美しくないものを添えても、
さらに美しくなる。

「小説に書いてある人のようね」

といったら、弁《べん》の宰相《さいしょう》さんは自分を見上げて、

「妙な方《かた》ね、あなたは。寝ているものをびっくりおさせになるって」

といった。そして少し起き上ったその顔が心ほど赤味ばしっていたので、ますます自分は美くしいと思った。

お居間から下って自分の部屋へ行こうとする途中で、弁《べん》の宰相《さいしょう》さんの部屋をちょっと覗《のぞ》くと、その人は昼寝をしていた。紅紫《べにむらさき》、薄紫《うすむらさき》などを重ねて着た上に濃《こい》い紅の糊打物《のりうちもの》の上着を着ていた。顔を襟の中へ隠すようにして硯の蓋《ふた》を枕にしているのである。髪の掛かった額《ひたい》のあたりがいいようもなく美しく艶《えん》である。絵に描いたお姫様というもののように思われるので、その口の上に載せた袖を引っぱって、

「小説に書いてある人のようね」

といったら、弁の宰相さんは自分を見上げて、

「妙な方《かた》ね、あなたは。寝ているものをびっくりおさせになるって」

といった。そして少し起き上ったその顔が心ほど赤味ばしっていたので、ますます自分は美くしいと思った。美人もまたその時と場合でいっそう美の添って見えることのあるものである。

『新訳紫式部日記』

雨に自分たちの涙を重ねるような
そんな恋仲であったのなら。

雲間《くもま》なく眺むる空もかきくらしいかにしのぶる時雨な
るらん
ことわりの時雨の空は雲間あれど眺むる袖ぞ乾く間も
無き

小少将さんから手紙を貰《もら》った返事を書いているうちに時雨《しぐれ》がさっと降り出したので、使が早く帰りたいと急いだために、

空模様も変って来ました。これから雲も泣こうとするように。

と終りの筆を匆々《そうそう》に留《と》めて、自分はよく記憶しないが歌を書いたのであろう。暗くなってからさらにまた自分への返し歌が小少将さんから送られた。字もよく見えないほどに濃い紫の紙に書かれたのであった。

雲間《くもま》なく眺むる空もかきくらしいかにしのぶる時雨なるらん

自分はどんな歌を最初に書いたのか、よく思い出せないのをそのままにして

ことわりの時雨の空は雲間あれど眺むる袖ぞ乾く間も無き

『新訳紫式部日記』

冷たくさみしい世界に来てしまったとき
本当の友がいれば思い出すことができる。

自分はちょっとしたつまらないことにつけても
親《した》しみのない淋しい世界へ
来ているという気がするのである……
いつも近いところで寝《やす》んで自分によく話をして
下すった大納言さんが自分には恋しくてならない。

自分はちょっとしたつまらないことにつけても親《したし》みのない淋しい世界へ来ているという気がするのである。こんな心持は宮仕に出ている時にもあったが、その時よりも今の方がもっと悲しい。

今の自分は気のひったりと合った友、自分の人格を少しでも認めてくれる人、情を籠《こ》めた手紙の貰いやりができる人、自然に仲善くなった朋輩というような人に少しの愛着《あいちゃく》がある。自分ながら生活の意志の薄弱なものであると自分が思われる。御前で寝《やす》む夜のあるごとにいつも近いところで寝んで自分によく話をして下すった大納言さんが自分には恋しくてならない。大納言さんは奥様のお身内であり、殿様の思い人である。土御門殿の侍女のなかでその人の羽振《はぶり》に並ぶ人のないことはいまさらいうまでもない。その大納言さんが懐しいというのは自分の心も世間的なのであろうか。

『新訳紫式部日記』

おだやかでゆったりと落ち着いた心を持つ女でありたい。

すべて女というものは大度《たいど》を備えて、他人にはことに寛容でありうる人であり、沈着なところが土台になっていてこそ、学問も才識も無難に役立つことができるのである。

すべて女というものは大度《たいど》を備えて、他人にはことに寛容でありうる人であり、沈着なところが土台になっていてこそ、学問も才識も無難に役立つことができるのである。またよし浮気らしい軽佻な事件がその人に起ってきても、本然《ほんねん》の性質に癖がなくて交際いよいところのある女は憎む気にならないものである。自分は平凡な人間といっしょにされたくないという気のある女は、平生の動作にも一つ一つひねくれた我見《がけん》を立てているから人目を引く。目を付けていればきっと言葉のなかにも、また傍《そば》にいる時のその態度にも、立ってゆく後姿にも好くない癖が見出されるものである。言行の一致しなくなった女と、よく人を攻撃する女の非行とにはことに目と耳が寄るものである。

『新訳紫式部日記』

何があっても おだやかにつきあえるかどうか、その度量が品格を決める。

罵詈讒謗《ばりざんぼう》を他人に言い散らしたり、対座して睨《にら》みつけたりする女もあり、そんなことをせずに表面だけはこれまでどおりにして平和に待遇している女もある。

殊勝な善人は他人が自身を憎んでも、なおその人のためになることを考えるであろうが、そこまでのことは普通の人にはできるものでない。慈悲《じひ》深い仏でも仏法を譏《そし》る罪を浅いものとは決してお教えにならないのである。ましてこの近代の世の中に生活している人間の心に敵意を見せるものの恨めしいのは当然のことであろう。確執《かくしゅう》の起った時、自分の方に道理が多いと思わせたい心から、一方に対する罵詈讒謗《ばりざんぼう》を他人に言い散らしたり、対座して睨《にら》みつけたりする女もあり、そんなことをせずに表面だけはこれまでどおりにして平和に待遇している女もある。人格の高下《こうげ》はそんなことによっても解るのである。

『新訳紫式部日記』

出典著作一覧

・『全訳源氏物語』与謝野晶子＝訳（角川文庫）
・『与謝野晶子訳　紫式部日記・和泉式部日記』与謝野晶子＝著（角川ソフィア文庫）

紫式部略年譜

——今井源衛『紫式部〈新装版〉』による

年号	西暦	年齢	事項
天禄元	九七〇	1	藤原為時《ためとき》の次女として誕生。
三	九七二	3	弟惟規《のぶのり》の誕生。母（藤原為信女《ためのぶのむすめ》）、翌年死去。
永観二	九八四	15	父為時、式部丞《しきぶのじょう》となる。
永祚元	九九〇	21	八月、藤原宣孝《のぶたか》（のちの夫）、筑前守《ちくぜんのかみ》となる。
長徳二	九九六	27	父為時、越前守《えちぜんのかみ》となる。晩秋、越前に行く。
四	九九八	29	春、越前より帰京。晩秋、宣孝と結婚。
長保元	九九九	30	娘賢子《けんし》、誕生。
三	一〇〇一	32	春、父為時帰京。四月、夫宣孝、死去。秋ごろ、『源氏物語』を執筆開始。
寛弘二	一〇〇五	36	十二月二十九日、中宮彰子《しょうし》のもとに出仕。

五	一〇〇八	39	三月十四日、父為時、正五位左少弁蔵人となる。『源氏物語』が宮中で評判となる。一条天皇に『日本書紀』を進講し、「日本紀御局《にほんぎのみつぼね》」とあだ名される。夏、中宮に、『白氏文集《はくしもんじゅう》』(楽府《がふ》)を進講。冬、『源氏物語』の清書・製本化が進む。この間、中宮の父道長が、局から草稿本を持ち去る。
七	一〇一〇	41	このころ、『紫式部日記』を編集。
八	一〇一一	42	二月一日、父為時、越後守《えちごのかみ》となる。
長和二	一〇一三	44	九月下旬、宮仕えを辞す。年末、『紫式部集』を編集。
三	一〇一四	45	(一説に)二月ごろ、死亡か。六月、父為時、越後守を辞任して帰京。
五	一〇一六	47	四月二日、為時、出家(七十歳)。
寛仁三	一〇一九	50	紫式部なお生存か。

光《ひか》る言葉《ことば》

愛《あい》に生《い》きる。

二〇二三年一一月一五日　初版第一刷発行

著者　紫式部《むらさきしきぶ》　現代語訳　与謝野晶子《よさのあきこ》
発行者　笹田大治
発行所　株式会社興陽館
郵便番号一一三－〇〇二四　東京都文京区西片一－一七－八ＫＳビル
電話〇三－五八四〇－七八二〇　ＦＡＸ〇三－五八四〇－七九五四
URL https://www.koyokan.co.jp

ブックデザイン　鈴木成一デザイン室
構成・編集協力　宇津木聡史
校正　新名哲明　結城康博
編集補助　飯島和歌子　伊藤桂
編集人　本田道生
印刷　惠友印刷株式会社
ＤＴＰ　有限会社天龍社
製本　ナショナル製本協同組合

ISBN978-4-87723-318-1 C0095

『原文完全対訳 現代訳論語』

孔子・下村湖人

本体 1,800円+税
ISBN978-4-87723-292-4 C0095

史上最強のベストセラー、生き方と仕事の教科書。原文完全対訳収録。
多くの人の座右の書であり、何度も読み返したい「永遠の名著」。

『論語物語』

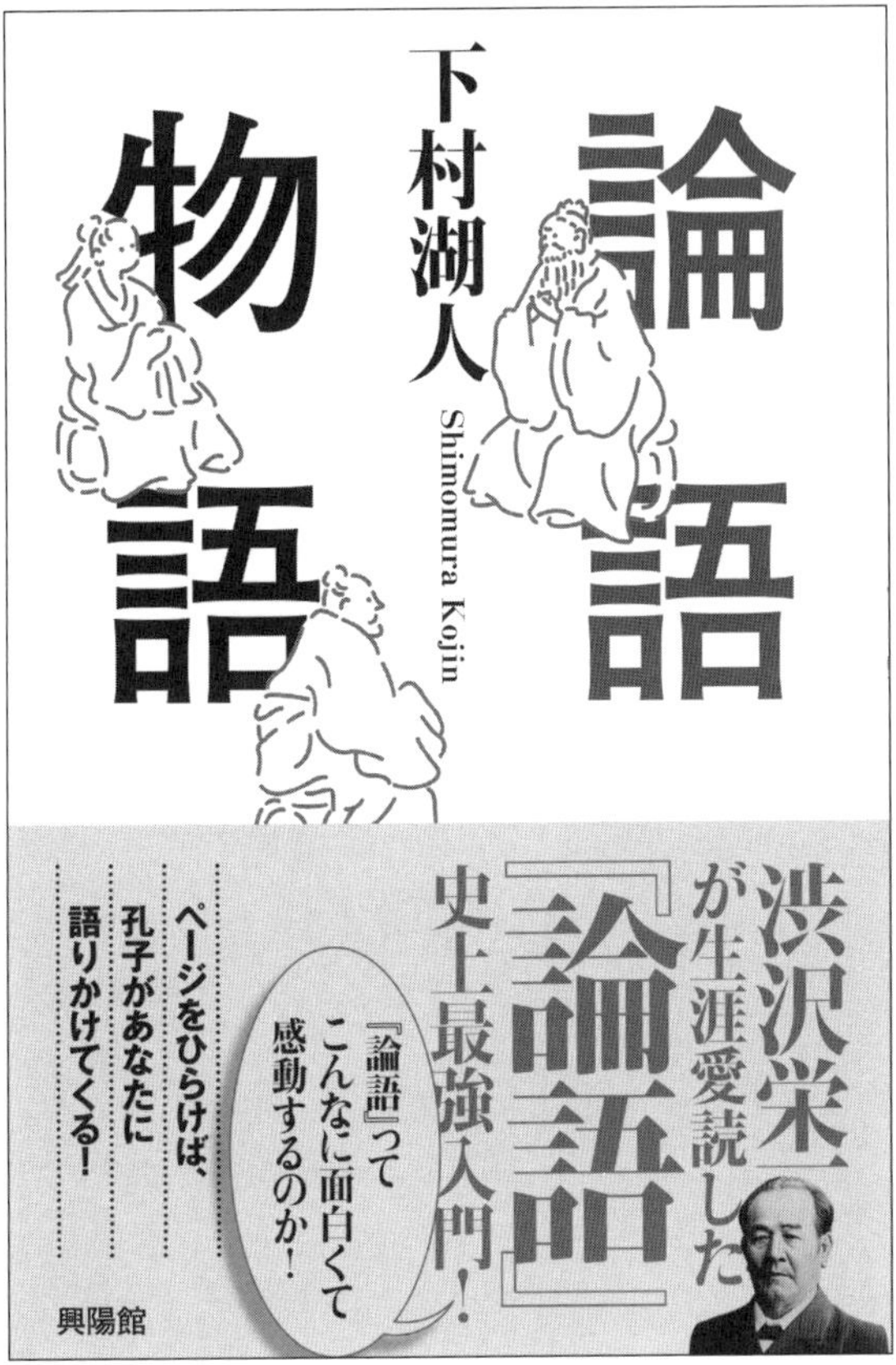

下村湖人

本体 1,000円+税

ISBN978-4-87723-276-4 C0011

あの『論語』をわかりやすい言葉で物語にした名著。

『次郎物語』の下村湖人が、『論語』をひとつの物語として書き残した、孔子と弟子たちの笑って泣けるショート・ストーリーズ。

『渋沢栄一自伝』

渋沢栄一の『雨夜譚』を「生の言葉」で読む。

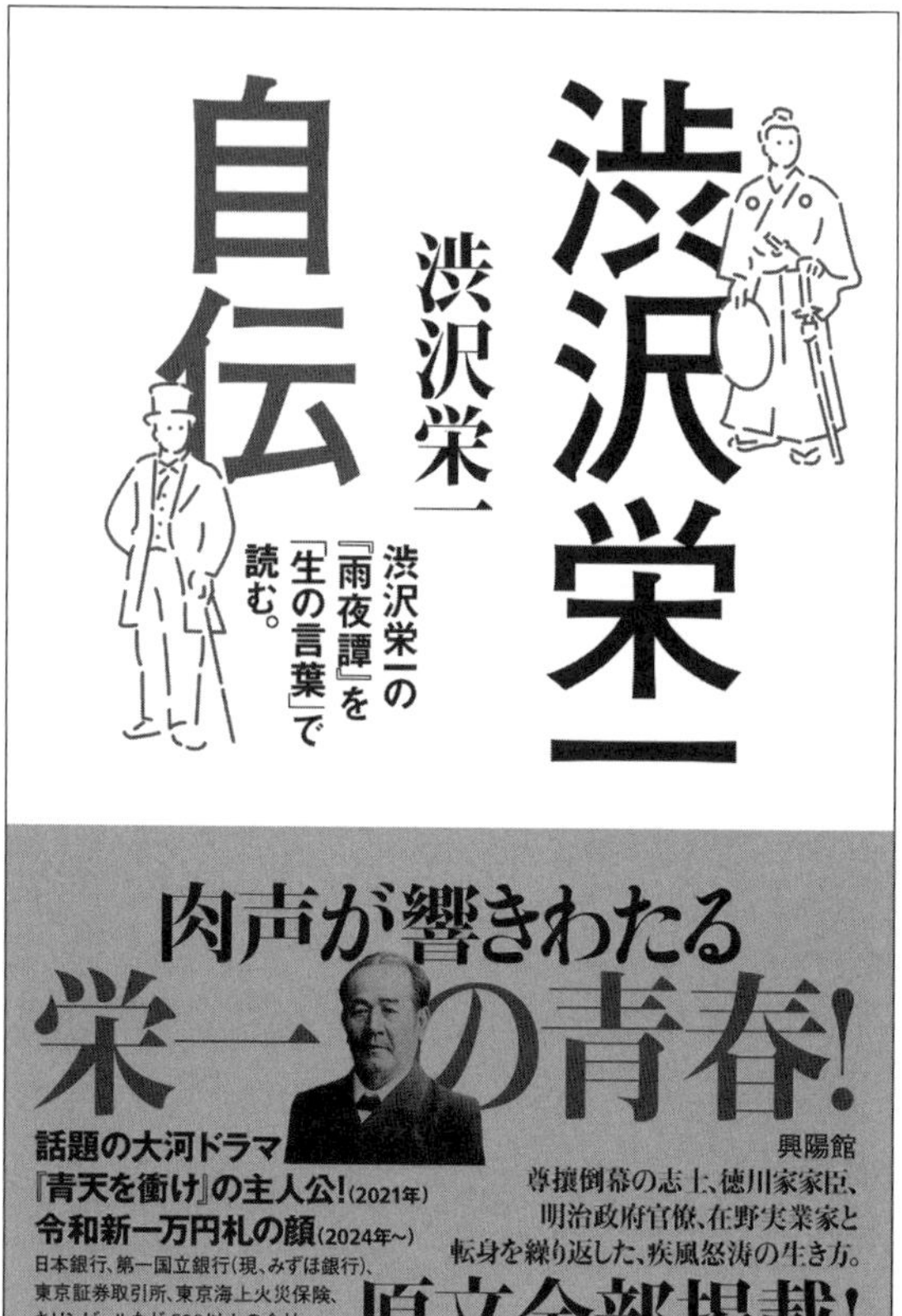

渋沢栄一

本体 1,000円+税

ISBN978-4-87723-274-0 C0023

NHK 大河ドラマ『青天を衝け』主人公、栄一が書き遺した生き方。
幕末から明治維新へ、商人の家に生まれて、武士になり、明治政府に入閣。
その波乱万丈の人生を語った書。

『論語と算盤』

渋沢栄一の名著を「生の言葉」で読む。

渋沢栄一

本体 1,000円+税

ISBN978-4-87723-265-8 C0034

日本資本主義の父が生涯を通じて貫いた「考え方」とはなにか。
歴史的名著の原文を、現代語表記で読みやすく！

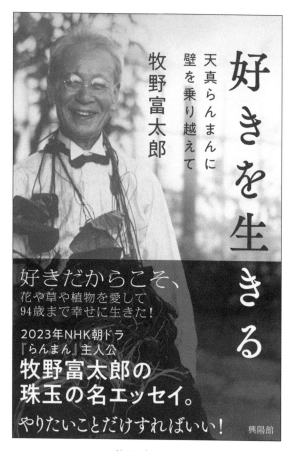

『94歳』

花らんまんに元気

牧野富太郎

本体1,000円+税

ISBN978-4-87723-308-2 C0095

NHK 連続テレビ小説『らんまん』主人公、牧野富太郎の生き方エッセイ第２弾。好きなことだけして 90 歳の壁を越える！ 94 歳まで元気に生きた牧野富太郎の長生き指南書。

『強く生きる』

笑顔らんまんに突きすすむ言葉

牧野富太郎

本体1,000円+税

ISBN978-4-87723-310-5 C0095

NHK 連続テレビ小説『らんまん』主人公、牧野富太郎の生き方エッセイ第３弾。貧しさや困難に見舞われながらも、粘り強く独自の道を生きた植物分類学者の珠玉の言葉集。

『整う力』

ちょっとしたことだけど効果的な78の習慣

小林弘幸

本体1,100円+税

ISBN978-4-87723-309-9 C0077

アフター・コロナの処方箋本。自律神経が整うとすべてがうまくいく！自律神経の名医、順天堂大学教授・小林弘幸先生が提唱する、メンタルと体調が整う 78 の習慣。

『笠置シヅ子ブギウギ伝説』

ウキウキワクワク生きる

佐藤利明

本体1,400円＋税

ISBN978-4-87723-314-3 C0095

2023年NHK朝の連続テレビ小説、『ブギウギ』主人公のモデルにもなっている昭和の大スター、笠置シヅ子評伝の決定版！「笠置シヅ子とその時代」とはなんだったのか。彼女の半生を、昭和のエンタテインメント史とともにたどる。